ブルーマリッジ

Break away
(from the past)

カツセマサヒコ

新潮社

目次

Break away
(from the past)

ブルーマリッジ

一・雨宮守のプロポーズ

声は掠《かす》れ、震え、裏返る寸前だった。指先は感覚をなくして、もう自分の体じゃないみたいだ。

——結婚しませんか。

その一言を口にしただけ。まるで呪文を唱えたように、体の内側から、緊張？　興奮？　恐怖？　言い表しようもない爆発が生まれて、静かに溶けた。皮膚は熱を失い、五感を現実から遠ざける。底のない水中に飛び込むような、全ての音が遠く、心音だけがただ五月蝿《うるさ》かった。

家から十分ほど歩いた先の、小さなスペインバルにいる。奥に細長い店内はほぼ満席で、今日も空が青暗くなる前から活気ある声が飛び交っていた。

その店の奥、店内を一望できるL字カウンターの角の席に、僕と翠《みどり》さんが座っている。一年半近く通い続けて、いつの間にか指定席のようになったこの場所で、いつものように食事をしている。いくつかのつまみと白ワインを頼み、食後にバニラアイスも注文する。何も特別なことはない、いつもどおりの日常を演じる。そして、甘さの控えめなバニラアイスが運ばれてくるその直前に、僕は翠さんにプロポーズを試みた。

翠さんは目を丸くしたあと、下唇を軽く嚙み、テーブルに視線を落とした。わずかな時間だったけれど、その仕草は、返事に迷っていることを的確に僕に伝えていた。

数秒が、永遠の入口に接続してしまうように感じた。このまま答えは貰えないんじゃないかと不安が過《よ》ぎる頃、彼女は僕の目を見て言った。

「お願いします」

そこで、壊れていた聴覚が戻った。

体内に満ちていた緊張が毛穴という毛穴から飛び出していく。脱力してしまいそうな体を引き締めるため、僕は椅子に深く座り直した。

「いいの？」

念のため、彼女に探りをいれてみる。さっきの沈黙は、何を意味していたのだろうか。

翠さんの大きな瞳が、僕の目の奥を覗き返した。

「そっちこそ、いいの？」

「僕は、もちろん」

深く、ゆっくりと頷いた。彼女を不安にさせないために。自分には自信があると伝えるために。

翠さんは少し時間を置いて、「そっか」とだけ返した。その表情には、喜びよりも安堵の成分が多いように思えた。そしてきっと、僕もそれに近しい顔をしているに違いない。

出逢って八年。付き合って六年。同棲を始めて二年。

もう僕らのあいだに、新鮮な出来事はほとんど残されていない。今更結婚といっても、きっと今日までの日々の延長線のような暮らしが、生活が、日常が、これまでどおり続いていくだけだとわかっている。

胸弾むような淡い恋を謳歌する時期は、とっくに過ぎてしまった。でも僕らは、打ち上げ花火のような刹那的な喜びよりも、少しずつ土に雨が染み込むような半永久的な安堵を選んだ。

世間では、結婚なんて何もメリットがないという人もいるし、婚姻制度自体に懐疑的な声もある。それでも僕と翠さんは、結婚する権利を持っていて、自ら結婚を望んだ。それだけのことだ。

「本当は、もっとレストランとか、きちんとした場所を取るべきだったかもしれないし、指輪も僕が用意すべきかもしれないんだけど」

あちこちに散らばって出鱈目《でたらめ》になっていた体の熱が、元の決められた場所に少しずつ収まっていく。声だけがまだ少し掠れていて、やけに喉《のど》が渇いていた。ワインを少し口に含ませたタイミングで、ちょうど店員さんがアイスを運んできた。

「指輪は、一緒に選んだ方がいいかなって思ったのと、結婚は、僕らにとって日常を続けることかなあと思うから。で、僕らの日常といえば、この店で。だから、それで」

ふふ、と翠さんは小さく笑って、アイスを一口掬《すく》った。

「プロポーズの直後に反省や言い訳をするのは、守《まもる》くんらしくていいね」

婚約者となった彼女が、アイスクリームに口をつける。

四月の日曜の夜が、ゆっくりと甘く溶けてゆく。

二． 土方剛と離婚届

離婚したいと、妻が言った。

娘の結婚式の翌々日のことだった。

聞き間違いかと思ったが、そうじゃなかった。テーブルの上には離婚届が置かれていて、その片方に記された筆跡は間違いなく美貴子《みきこ》のものだった。

「お願いします」

テーブルの一点を見つめて、美貴子は言った。表情は能面みたいに動かず、その様子が不快を通り越して、不気味だった。

「なんで？」

娘が嫁に行ったショックで、頭がおかしくなったか。

そうとしか、考えられなかった。

一昨日の結婚式を思い出してみる。本当に幸せだった。義理の息子となる鈴木のことは今でも好きになれないが、あの生意気だった紗良《さら》が、見違えたように綺麗になった。反抗期以降、碌《ろく》な会話もしてこなかったが、あの日は父親として、ただ誇らしかった。全員が笑っていて、幸福に満ちていたはずだ。

なのに、どうしてこいつは、離婚だなんて口にするのだろうか。

「前から決めていたので」

美貴子は受話器から聞こえる自動音声みたいな声で言った。

「いつから」

「紗良が、結婚すると言った日から」

「はあ?」

俺まで変な声になった。

紗良が結婚すると言ったのは、いつだ? たしか、一年半近く前だ。そんな昔から離婚を考えていたっていうのか。

「認めないよ、そんなの」

指で軽く離婚届に触れると、美貴子の方に滑らせた。

「お前、今日までのうのうと暮らしておいて、娘がいなくなった途端にオサラバって。どういう神経してんの?」

美貴子は、また黙った。自分の考えの甘さに、さっさと気付くべきだと思った。

しかし、美貴子は離婚届を見つめたまま、わずかに震えた声で言った。

「のうのうと暮らしているように見えましたか?」

またしても、耳を疑う。思わず顔を覗き込むが、美貴子の表情は、死んだように動かない。

「言わなきゃわかんない? こっちが朝から晩まで奴隷のように働いて、必死に家のローン返してるあいだ、お前はのんびりとお茶して暮らしてたわけだろ? 碌な苦労もしてこなかったお前が、なんで選ぶ権利を持てると思ってんだよ」

美貴子は黙ったまま、俺を睨《にら》みつけた。

反抗的な、生意気な目だった。

「働いてるこっちの身にもなってみろよ」

できるだけ強く、離婚届を薙《な》ぎ払った。がさ、と音を立てて、紙切れはわずかに宙を舞い、カーペットに落ちた。その直後、美貴子が勢いよく頭を下げた。

「お願いします」

その声はまた、震えている。

伏せたままの美貴子の頭に、白い髪が何本も見えた。つむじのあたりの毛は薄く、頭髪が寂しかった。

呆れて黙るほかなかった。美貴子の頭は、テーブルに額が着くまで、さらに下がった。

「お願いします」

具体的な理由は何も言わず、ただお願い、お願いばかり。

「付き合ってらんねえよ」

ジャケットと鞄を手に取ると、リビングを離れた。

廊下を強く踏みつけながら、玄関へ向かった。

美貴子が追いかけてくる気配はなかった。あいつの耳に聞こえるように、できるだけ強く玄関の扉を閉めた。重い扉は、閉じる直前で反発し、思うような音が出なかった。

公道に出ると、喉に痰《たん》が絡んだ。唾を吐くと、隣の婆さんが汚いものでも見るように俺を見ていた。
憂鬱だった。月曜の朝からこんな気分にさせて、何が楽しい？

三. 外食が駄目ならちょっといい肉を買って帰ろう

「雨宮《あまみや》さん、少し、いいですか」

遠くで声がした。それが自分に向けられたものだと気付くまで、ずいぶん時間がかかった。

頭の中では、昨夜のプロポーズの光景が繰り返し再生されていた。

結婚するんだ。僕がとうとう。日々に大きな変化はないとわかっていても、心はたしかに浮き足立っていて、同時に、不安も過《よ》ぎる。これからの生活や判断には「夫」としての責任が伴うだろう。それを、きちんと果たしていけるだろうか。

腕を組もうとしたところで、もう一度、声が聞こえた。

「雨宮さん?」

名前を呼ばれて我にかえると、キャビネットや資料棚に囲まれた、人事部フロアにいた。その奥にある部長席から、辻《つじ》部長が、小さく手を振っている。

「すみません!」

咄嗟に立ち上がったせいで、デスクに置いていた、ペン立てが倒れた。それを直すより先に、辻部長の向かいにある古いパイプ椅子に向かう。

「珍しい。お疲れですか?」

「いえ、大丈夫です、すみません」

呑気に婚約者のことを考えていました。なんて勿論言えず、小刻みに頭を下げる。辻部長はわずかに口角を上げて、パイプ椅子に座るように僕を促した。

「作成いただいた、この資料の件ですが」

部長の手元には、今朝の朝礼を終えてすぐに手渡しておいた、労働時間に関する資料が置かれていた。相談したい箇所には事前にマーカーが引かれており、辻部長の指は、まさにその色が塗られた部分で止まっている。

土方《ひじかた》剛《つよし》（第三営業本部　第二営業部　営業第四課　課長）
三月度合計在社時間：三百十八時間

営業にいる、土方課長の在社時間をまとめた数値だった。三月の営業日は二十日だったので、毎日十五時間以上オフィスにいたことになる。この数値は、ほかの管理職の平均在社時間の約二倍だ。

三月だけやむをえず長く働いていたなら、解決も早かっただろう。でも、土方課長の在社時間が極端に長いのは、今に始まったことではなかった。

課長の社歴を調べると、今年がちょうど勤続三十年にあたる。規模も中堅といった食品専門商社の中で、土方課長は卸業者や小売店を取引先とする現部署の拡大に大きな役割を果たしてきたという。大きな成果を上げるたび、社内での発言力は強くなり、その力によって多少のトラブルなら黙認させる空気を作り出していったようだった。それをいいことに、長時間労働が問題視されるようになってからも、古くからのスタンスを変えようとはしない。

「土方さんは、在社時間について、何か言ってましたか？」

辻部長はフレームのない眼鏡を外すと、目の筋肉をほぐすように片手で瞼《まぶた》を押さえた。

「ちょうど先週、産業医面談を実施したところで。ただ、本人にはほとんど改善意思が見られないというか」

面談中の土方課長を思い出す。窓のない応接室に響いた、低く、刺すような声。筋肉質な体つきは営業フロアの中でもとくに目立って大きいのに、その体をさらに大きく見せるように、課長は椅子にふんぞり返りながら、僕を見下すように言った。

——こっちは何年も右肩下がりになってる数字支えるために、毎日必死こいて働いてんだよ。それをお前、有無を言わさず早く帰れ、でも売上は落とすなってさ。なんっにも具体策は挙げないくせに、文句だけは言うだろ。人事部長が変わってから、そんなんばっかりじゃねえか。お前はそれでいいのかよ？　なあ？

両脇から、あばらを押し潰してくるような感覚が走る。別に暴力を振るわれたり、暴言を吐かれたりしたわけでもないのに、その声量と威圧感に負け、体が萎縮してしまっていた。上手いように発言もできなくなり、先週はそのまま、面談の時間が終わってしまったのだった。

面談の様子を部分的に伝えると、辻部長はデスクに両肘をつき、左右のこめかみに親指を当てた。

「この令和の時代に、よくもまあそんなスタンスで」

人事部のフロアは空調の効きが悪く、蒸し暑い。それでも部長は涼しげな顔で、灰色のジャケットを脱がずにいる。

「これまでの名残り、ってやつでしょうか？」

僕が責められたように感じて、思わず軽く頭を下げてしまう。

これまで、というのは、部長がこの会社に来るより前のことに、違いなかった。創業者一族が経営陣をほぼ独占している非上場企業。業績も従業員数もとくに目立ったものはないはずだったが、三年前に常務取締役にあたる社長の次男が暴力沙汰で新聞に載ると、この会社は世間から「叩いてよいもの」とみなされ、ずさんな経営体制とハラスメントが横行するブラック企業として、幾つかのニュース記事が出るほどとなった。

実態は、そこまで酷《ひど》い会社ではない。ただ、ゴシップとして取り上げられたうちの幾つかは事実であり、それらはやはり、親族経営と体育会系気質に振り切った企業風土が原因であることが明らかだった。

このことを受けて、会社の体制は大きく変わった。今まで常務が兼任していた人事部長のポストは明け渡され、新たに辻部長が、他社からやってきた。

「難しいですよね。変わる必要がないと思っている人間に、変化を促すのは」

部長が転職してきて、二年。口癖のように聞かされ続けてきた台詞だった。新卒でこの会社に入った僕は、ハラスメントはどの会社にも少なからず存在するものだろうと思い込んでいた。とくに居心地が悪いようにも感じていなかったので、辻部長の勧善懲悪を貫き通す姿勢を見たときには、それなりの衝撃があったのだった。

僕は手元に用意していたもうひとつの資料を手渡した。今度は管理職ではなく、その部下の労働時間をまとめた表だ。

「四課を見ると、土方課長だけじゃなく、課員全員、労働時間が長いんです」

マーカーを引いた部分に、部長が顔を近づける。じっと睨んでからゆっくり体を起こすと、眉間に皺《しわ》を寄せた。

「四課は、前年よりも売上が落ちてきていて、今が踏ん張りどき、と営業本部長も仰っていましたけどね。でも、さすがに三カ月の間ずっとこの数字っていうことは、労働時間についてはマネジメントする気がそもそもない、ということになりますよね」

部長は長いため息をつくと、オールバックにまとめている髪を上からそっと押さえるように撫《な》でた。

頭の中で再び、土方課長の声が響く。

――売上も立てられないくせに、偉そうに文句だけ言ってくるどこぞの部署さまのせいで、こっちがこんなに苦しめられてるわけだよ。そのことをもう少し自覚して喋ってくんねえかな。

「土方課長のことで何かあったら、教えてください。四課の課員の方から相談があった場合も、必ず共有をお願いします」

辻部長は引き出しからクロスを取り出して、眼鏡を丁寧に拭き始めた。それが話の終わりの合図と信じて、僕は席を立った。

十九時になる前に、慌ててオフィスを出た。混雑している地下鉄は重たそうに各駅に止まりながら、僕の自宅の最寄駅へと向かっている。

人事部の残業時間は元々そこまで長くなかったけれど、辻部長がこの会社に来てからは、さらに短くなった。定時上がりを大前提として、一時間以上の残業には具体的な理由が求められた。不要な業務は片端から姿を消して、会議の数も大幅に減った。厳格かつ抜本的なやり方に反発する先輩もいたけれど、成果は半年もしないうちに、数値としてしっかり表れた。

今では人事部のほぼ全員が十九時前に退社している。暇なのではないか、と他部署から揶揄されるほどになったが、凝縮された忙しさは、ダラダラ働くよりもよっぽど負荷が高く、緊張感がある。

二十四時間働くことが善とされていた時代は、家に帰ることなんてほとんどなくて、暮らしはほったらかしだったんだろうか。労働だけが価値を持ち、生活することは無意味で無価値とされていたのだろうか。

生活。

その言葉に触れるたび、翠さんの顔が浮かぶ。

翠さんは三つ上だから、今年で二十九になる。九州に住む地元の友達はみんな結婚していて、SNSのアイコンは子供の写真ばかりになってしまったのだと、前に話していた。

「もう誰が誰だかわかんないから、適当にいいね！　してんだよね」

笑いながらビールジョッキを持ち上げた姿には、逞《たくま》しさすら覚えていた。そんな翠さんがプロポーズを受け入れてくれたのは、どうしてだろう？

女の人は、結婚することで、男からは想像もつかないようなプレッシャーやハラスメントから逃れられたりするのだろうか。心から結婚を望んでいなくとも、その方が生きやすくなるからという理由で、婚姻関係を結ぶ人もいるのだろうか。

もしもそうだとして、翠さんはそんな生き方を選ぶだろうか？

地上出口へと向かう細い階段を上ると、月がちょうど雲から抜け出たところに出会《でくわ》した。灰色の雲が口惜しそうに流れていき、半分の月が、ポツリと姿を現していた。

その光景を眺めていたら、すぐ後ろから声がした。振り向くと、階段を上りきったばかりの翠さんがそこにいた。

「翠さん、今日は早いね？」

「うん、なーんか集中できなくって」

帰ったらまた続きやらなきゃと、翠さんは疲労を逃がすように首を回した。どこでも働けるってことは、どこまでも仕事が追いかけてくるってことだよと、前に話していたことを思い出した。

「夕飯、どこかで食べてく？　そしたら帰ってすぐに仕事できるだろうし」

「わ、本当？　それ助かるかも」

蒸し暑いし、お蕎麦とかがいいな。それか、また昨日の店？　守くん、プロポーズやり直す？

愉快な遊びを思いついた子供みたいに、翠さんが笑った。

その笑顔を見て、こんな日々が続くならいいな、と思った。だからプロポーズしたのだと、今更自分の気持ちに気付いて少し恥ずかしくなったりもした。

二人で駅近くの蕎麦屋に向かった。片側三車線の大きな幹線道路は順調に流れていて、大型トラックが僕らの会話をたびたび遮った（話している内容が「今日の日替わり天ぷらの具材は何か？」だったからそれでも問題はなかった）。

しかし、少し歩いて幹線道路沿いの蕎麦屋に着いてみれば、こういう日に限って定休日でシャッターが降りていて、めげずに昨日行ったスペインバルまで向かえば、そちらも運悪く臨時休業の札を出していた。

「不運ってほんと、重なるようにできてるね」

苦いものでも食べたような顔をして翠さんが言った。こんな日はきっとどこに行ってもダメだろうと、二人で潔く諦める。弁当か惣菜でも買って帰ろうかと、先ほどより少し重い足取りでスーパーに立ち寄ると、会社帰りと思われるスーツ姿の人がたくさん目に入った。

「あ、これにしよ？」

店の奥にある精肉コーナーで、翠さんが立ち止まる。割引シールの貼られた牛肉を手に取って、それを僕に見せた。真っ赤な肉は全長二十センチはありそうで、どこかの国の地図のようにも見えた。

「翠さん、さっきお蕎麦食べたいって言ってなかった？」

「でもこれ見たら、お肉食べたくなっちゃった」

会計用のかごに入れられたそれを見ながら想像したのは、美味しい肉を食べる姿より、後片付けに苦戦する自分の姿だった。サーロインだから脂分も多いし、コンロ周りはかなりベタつく。最近はただでさえフライパンの汚れが落ちにくくなってきているのに、翠さんはそのことを気にも留めない。

「もしかして、洗い物のこととか考えてる？」

「え？」

翠さんが、僕の表情を読もうとしている。そのことに気付いて、途端に居心地が悪くなる。この人はたまにそうやって、僕の顔色を窺《うかが》うことがある。

「洗うの、手伝うからいいじゃん」

「いや、いいよ。翠さん、仕事しなきゃなんでしょ？」

「そうだけど、お皿洗うくらいやるよ、別に」

「いいって。持ち帰らなきゃいけないほどの仕事なんだから、そっちに集中しなよ」

「いや、いいって、ほんと」

翠さんの声が、かすかに尖った。僕は翠さんが棚に戻そうとした牛肉を、すぐに買い物かごに入れなおす。

「ごめん。大丈夫だから。ここは頑張って、仕事する人が食べたいものを食べるべきだよ」

レジへ向かう途中、生鮮食品エリアの空気がいつもより随分と冷たく感じた。店内の明かりも弱い気がして、たまたま節電している日なのか、いつもこうなのか、思い出すことができない。

四．喫煙所にて

「で、どうすんの？」

俺は質問をしただけだ。キツく詰めてるわけでもないのに、部下は頭を下げたまま、返事をしない。

――受注が確定したと思っていた得意先から、週末の間にキャンセルの連絡が入っていました。月曜、火曜と対応したけれど間に合わず、今朝、失注となりました。すみませんでした。

課長会が終わってデスクに戻るなり、そう報告してきた小木元《おぎもと》の頰から、汗が落ちていくのが見えた。

「このままだと目標未達だけど、来週までにどうやって取り戻すわけ？」

「はい」

「はいじゃなくて」

「すみません」

鼻水を啜《すす》る音がした。顔を上げた小木元の顔は、歪んでいる。

「俺、言ったよな。四月は大型連休もあるから早めに伝票上げろって。先月の挽回するために、全員で頑張るぞって」

「すみません」

「すみませんじゃなくてさ」

ため息が出る。

「お前さ、言われたことしかできないんじゃ、バイトだっていいんだよ。バイトなの？　お前は。違うだろ？　だったらすみませんじゃなくて、これからどうするか自分で考えて、俺にプランを教えてくださいって言ってんの」

報告書が挟んであるバインダーを何度か叩いて、突っ返す。小木元はそれを受け取れず、音を立てて地面に落とした。慌てて拾おうとする首元に、風呂上がりの水滴のように大量の汗が見えた。

「顚末書《てんまつしょ》よろしく」

「はい」

「絶対に今日中だぞ」

ジャケットを脱ぐと、内ポケットからライターを取り出す。残り少なくなった煙草を持って席を立った。去り際にデスクを振り向くと、何もなかったように席に着く小木元の姿が見えた。

「今日も、コテンパンに言ってましたね」

エレベーターを降りて喫煙所に入ろうとしたところで、隣の課の三条《さんじょう》に声を掛けられた。三条は相変わらず木の枝みたいに体が細く、そのうえ洒落づいて細身のスーツなんて着るから、風でも吹けばすぐに折れてしまいそうだった。

三条の手には、新型らしい電子煙草が握られていた。

「そんなに強く言ったつもりはねえけど。聞こえてた？」

「隣であんな怒鳴ってたら、聞こえますって」

「怒鳴ってないって」

三条は鳥の巣みたいにくるくると膨らんだ髪を、電子煙草の先で軽く掻きながら笑った。

「小木元くん、またやっちゃったんですね」

「ああ、この大事な時期に、凡ミスで失注だよ」

「僕も、やったことありましたけどね」

「嘘ぉ？　覚えてねえわ」

三条は確か、八個下だったか。後輩として入ってきたときは積極性の欠片もなくて、本当に頼りなかった。それが今では立派に隣の五課で課長をやっている。昇格スピードは同期トップだったと、風の噂で聞いた。

「彼、ご飯を食べるのが好きだから食品業界に入ったって言ってましたね」

「小木元？　そんなこと言ってた？」

「言ってましたよ、去年の新人配属のとき」

「だからあいつ、デブなのか。まあ、好きって気持ちだけでやっていけたら苦労しねえな」

三条は口元をへの字にして、軽く頷いた。

「最近の子、夢と現実がズレてるとわかった途端、あっさり辞めちゃったりしますしね。土方さんのところの長谷川《はせがわ》さんくらい、優秀で、ガッツがあったらいいですけどね」

部下の長谷川仁美《ひとみ》の顔が浮かぶ。長谷川は、女性営業に求められる素質を全て持っているような女だ。度胸と愛嬌と従順さを兼ね備えている若手の女子なんて、うちの営業にはほとんどいない。

「あいつはなんていうか、特別よ」

何度かライターを擦って、ようやく火が点いた。煙を目一杯吸い込むと、低い天井に向けて吐き出す。換気扇が壊れているのか、五畳程度しかない喫煙所はすぐに煙たくなった。

「期待かけすぎて、若手の未来、潰さないようにしてくださいね」

三条が耳打ちするように言った。女が吸っていそうな、甘い煙草の匂いがした。

「得意先が求めたら、こっちは応えるしかないだろ」

ずっと、そうやって働いてきたのだ。

うちみたいな中堅の食品専門商社でも、最近はようやく、メーカーのＥＣ支援や小売店のプライベートブランド開発支援なんかで稼ぐようになってきた。だが、俺や三条なんかがいる第三営業本部は今も昔と変わらず、小規模の卸業者や小売店を相手に何度も足を運び、無名の商品群をなんとか仕入れてもらって売上を立てている。海外を飛び回ることが花形とされる商社において、堅実な仕事を積み重ねて、今がある。

だから、どんな小さな得意先であっても相手の期待に背いてはならない。そう部下に教える。

十五年ほど前になるが、小さな店との関係をコツコツと積み上げた結果、関東圏にエリアを拡げる業務スーパーとの取引のきっかけを摑んだことがあった。会社全体で見れば些細な数字だが、当時のうちの部では指折りのデカさを誇るチェーン店だった。その仕事がきっかけで俺は課長に昇格し、今がある。

たとえ無茶な依頼だったとしても、応え続けること。そうすれば、いつかそこから信頼関係が生まれてくることを、俺はこの身をもって学んできたし、それを部下たちにも伝えたい。

「この前なんか、四課全員で倉庫に籠って商品の仕分けしてましたよね」

「あれは流石に、緊急事態だからだよ。台風が来て流通が止まったっていうなら、自分たちで仕分けるしかないだろ。そういう泥臭い仕事の積み重ねが、あとから効いてくるんだよ」

新たな卸業者や小売店への新規開拓もしているが、相手がどこにしたって、こちらがすべきことは誠意を尽くすことのみ、だ。

「ほんと、体やメンタル、大事にしてくださいね」

「人事部みたいなこと言うなって」

三条は、電子煙草をジャケットにしまった。

俺は一本で止めるつもりだったが、気付けば二本目の煙草にも、火をつけていた。

このまえ呼び出された、産業医面談を思い出す。人事部の若いやつが、偉そうに文句を垂れていた。

煙を吐き出す。空気に溶けようとするその先の窓の向こうに、見覚えのある姿がいくつかある。

「あれ。噂をすれば、人事部御一行ですね」

「ああ、ほんとだ」

目を凝らす。人事部長の辻をはじめ、見覚えのある顔がいくつも喫煙所の前を通り過ぎていく。

「人事の雨宮さん、イマドキな感じで、優秀だって話題ですね」

「雨宮？」

「あの、最後尾のおとなしそうな子ですよ」

三条が、ポケットにしまったはずの電子煙草の先で、最後尾にいる貧相な若い男を指した。

「あいつ、雨宮っていうのか。なんか面談させられたぞ？　労働時間がどうとか」

「え、そうなんですか？」

目付けられてるんじゃないですかと笑われて、面談中の雨宮の様子を思い出した。こっちの発言にはいちいちビクついてばかりだし、あいつからの質問は、ほとんどが形式張ったものばかりだった。

「彼、新卒入社から初配属で人事部になったらしいですけど、それってうちの会社ではかなり久しぶりのことらしいですよ。だからよっぽど優秀なんだろうって」

「あんなやつが？」

「まあ、言われてるだけで実際はわからないですけど。でも、出世頭ではあるんじゃないですかね」

入社後、いきなり人事部。

確かに、人事部を一度でも経験すると、出世コースに乗るらしいと噂で聞いたことはあった。

「現場のことをなんも知らずに、偉くなるってか」

「まあ、たしかに」

「あいつ、企業としての責任がーとか、ワークライフバランスがーとか、ふわふわと現実味のない綺麗事ばっかり口にしてたけどな」

思い出して、舌打ちが出た。三条は雨宮の後ろ姿を目で追っている。

「でも、例のホワイトボックスも、雨宮さん発案らしいですよ」

「ホワイトボックス?」

「え、一斉メール、流れてたじゃないですか」

「どれ?」

三条は苦笑いしながら社用携帯を取り出して、メール画面を俺に見せた。

件名には、〈匿名ホットライン「ホワイトボックス」設置に関するアンケート〉と書かれている。

「社内でのハラスメントを失くすための匿名告発フォーム、ですって。多分、実施されるんじゃないですかね」

「あー、これか。どうせ冤罪《えんざい》生むだけだろ?」

「いや、正直、やってみないとわからないでしょうね。まあ、ともかくこれも、雨宮さん発案らしいんですよ。彼はいろいろ自発的に企画もするし、僕も優秀だと思いますよ」

「優秀ねえ」

雨宮を最後尾に、人事部の全員が会議室に入っていく。頼りない背中をしているやつらばっかりだ。

「うちみたいなところにいるんじゃ、たかが知れてるってもんだろ」

「まだ四年目ですから。二十六とかですよ、彼」

「二十六？」

娘の、紗良の顔が浮かんだ。あいつと同い年か。

紗良は、結婚式の夜には連絡をくれたが、それ以後、まったく返事をよこさなくなった。

美貴子は離婚届を俺に突きつけた月曜から、丸二日帰ってきていない。

うちの女たちは、何を考えているのだろうか？

美貴子に逃げ場所なんかないだろうし、すぐに帰ってくるかと思ったが、今朝起きてもやはり、その姿はなかった。紗良が匿《かくま》っているのかもしれないと思い、何度も電話をかけたが、一度も出ないばかりか、折り返しもしてこなかった。

飯を作る人間も、掃除や洗濯をする人間も、家からいなくなっている。そのことがただただストレスで、苛立《いらだ》って仕方なかった。

「灰、危ないです」

三条に言われて、煙草が短くなっていることに気が付いた。

灰皿に押し付けて、もみ消す。褐色になった水が、灰皿の奥でユラユラ揺れていた。

五．　会議室にて

体の内側に針を通すような緊張が走って、今週はやけにこういう場面が続くなと、日曜のプロポーズを思い出したあとに思った。

八階建ての古い自社ビルの四階。喫煙所や自販機が設置されている休憩スペースを通り過ぎると、このオフィスで一番大きな会議室がある。

今日は午前中に新人研修があった関係で、一〇〇席近い椅子と机はすべて演台の方を向いている。先輩たちがその前方に散らばって席に着くと、僕は会議室の電気を消して、先輩たちより少し後ろの席に浅く腰掛けた。

人事部の社員七名が揃っていることを、辻部長が確認する。それからスクリーンの降りている演台に立って、パワーポイント資料を投影させた。

『ホワイトボックスの試験運用について』

スクリーンの文字がはっきりと読めるようになった頃、前に座る先輩たちから、大きなため息が漏れた気がした。

また、何かやるのか。

疲弊した感情を運ぶ吐息が空気に乗って、鼓膜に届く。それらを気にしないように意識しようとしても、耳は塞がない限り、閉じることができない。

「忙しいなか申し訳ないです。少しだけ、時間をください」

部長はそう前置きすると、手元の資料を僕らに配りながら、縦に長い会議室のいちばん奥を見つめるように、話を始めた。

「雨宮さんが以前提案してくれたホワイトボックスですが、全社的に実施した事前アンケートの結果、試験的に運用を始めてみることになりました。役員決裁も、取れています」

辻部長が決裁印の捺《お》された資料を、胸元まで軽く掲げる。この役員決裁を取るまでも、二カ月近くかかったことを思い出す。ほんの一瞬、まだ何も始まっていないのに、勝手な感慨に浸りかけた。

「ホワイトボックスは、ハラスメントに関する告発や社内の問題を誰でも匿名で投稿することができる制度であり、システムです。今回の試験運用も、内容は正式運用のものと変わりません。社内PCだけでなく個人のスマートフォンなどからでも入力できる専用フォームを使って、投稿希望者はいつでもWeb上からホワイトボックスに投稿することができます」

サラサラとメモを取る音がする。その音だけがはっきり聞こえて、辺りは不自然なほど静かだった。

冤罪は、どのように防ぐか。軽率な悪戯《いたずら》が紛れ込む可能性をどう考えるか。投稿された告発には、誰が対応するのか。業務はどのくらい増えるのか。

提案者は自分なのに、いくつも想像できる課題を前に、心がヒュンと落ちる感覚がある。

部長も恐らく、この空気に気付いているはずだった。それでも説明は淡々と続いていく。先輩たちのメモを取る音が、鳴り止むことはない。

「投稿の際に、匿名か記名、どちらかを選択することができます。当然、記名式の方が被害者のケアやヒアリングはしやすく、解決も早くなるでしょう。ただ、本施策の目的は告発の心理的障壁を減らし、ハラスメント被害をいち早く察知することにあります。そのための匿名投稿だと思ってください」

部長が言い終えるより早く、最前列に座っていた桑原《くわばら》さんが、まっすぐに手を挙げた。

「懸念事項となっていた冤罪について、どのように対応する予定ですか？　お言葉ですけど、すでに私たちは日々の仕事で手一杯な状況で、投稿されるたびに調査に全面協力するっていうのはちょっと」

部員を代表するような語り口だった。もうすぐ定年を迎える桑原さんは、大半が四、五十代で構成された現在の人事部において最もキャリアが長い。今日も、ずいぶん昔に会社から支給されたのだという職員用の作業着を羽織っており、その伸びた腕から見えた袖口は、はっきりと黒ずんで見えた。

桑原さんはできるだけ現状維持を貫き、平穏を保つことを美学としている人だ。新たな仕事は極力断り、面倒事からは逃げようとする。だからここで桑原さんが意見を出すことに、何も違和感は覚えない。問題は、この意見がほかの先輩たちにまで影響を与えてしまう可能性があることだ。

部長は小さく頷いて、でも、すぐには回答しなかった。言葉を探すように両手を重ねて何度か擦った後、ゆっくりと口を開いた。

「匿名の気軽さが仇《あだ》となることは、十分想定できます。たとえば、気に入らない上司を狙って、ハラスメントをでっちあげることもできる。それこそ、桑原さんが虚偽の被害を訴えて、私を告発することだってできますよね」

部長は桑原さんにだけ伝わるような笑顔を作って、すぐに元に戻した。

「当然ですが、匿名の場合、情報の確度は低くなります。実際に調査に移る際には、これまで以上に多面的な情報収集を求められますし、慎重になる必要がある。それは間違いないでしょう」

眼鏡を人差し指で持ち上げてから、部長は続ける。

「冤罪によって、罪もない人の人生を壊してしまう可能性も、確かにある。でも、だからといって何も行動しないわけにはいかないと考えています。なぜならこの会社にもきっと、人の尊厳を踏みにじる行為や、平穏な日々を奪い去るような行為がいまだに蔓延《はびこ》っていて、それらに苦しめられている人の数は少なくないと思うからです。ホワイトボックスは、そういった人たちのことを一人でも多く救うための施策だと思っていただきたいです」

メモを取る音は聞こえなくなり、今度はプロジェクターのファンの駆動音だけが騒々しく響いた。しばらく沈黙が続いているかと思えば、いつの間にか、部長が僕に向けて、手のひらを向けていた。

「発案者ですから、雨宮さんからも、一言もらおうと思います」

先輩たちの目が、一斉に僕に向けられた。体が硬直し、直前まで頭の中で考えていたはずの台詞は霧のように散っている。

「部内説明会の際に、雨宮さんの意思も皆さんに伝えるようにしましょう」

部長からも、前もってそう言われていたのだ。でも、いざこの張り詰めた空気、反対意見も聞こえてきそうな中で、何を言えば正解としてもらえるだろうか？

「雨宮さん、発端は、なんでしたっけ？」

部長の助け舟に促されるように、僕はどうにか、言葉を絞り出す。

「きっかけは、あるニュースを、読んだことでした」

自分の声が、嘘みたいに細く聞こえる。演台に立つ部長まで届いているか心配になるけれど、これ以上声を張る方法が、わからない。

「ある会社の男性社員が、深刻なハラスメントを受けて、自殺したというニュースです。その人は飲食店で働いていて、アルバイトの採用がうまくいかず、何カ月も休みなく働く日々が続いていたそうです。かなり過酷な労働環境であったうえに、上司や部下から集団でいじめを受けていたと、記事に書かれていました。いじめは、何カ月も続いていて、遺体で発見されたとき、直接的な死因以外に、体のいたるところにさまざまな大きさの傷が見つかったそうです」

残酷で、無慈悲な話。あのニュースが、確かに発端だった。

「僕はただぼんやりと、ネットニュースでその記事を読んだだけでした。でも、その後たまたま、同期と昼を食べるタイミングがあって、そこで、この事件の話になったんです。どうして、誰も気付かなかったのか。気付かぬふりをしたんじゃないか。会社は止められなかったのか。もしも、うちの職場で同じようないじめや、個人ではどうしようもできない問題が起きても、誰も救ってくれないんじゃないか。そんなふうに、話は発展していきました」

あれは、妙な空気だった。画面の向こうで起きたはずの出来事を、その場にいた全員がどうすべきか本気で考えていた。それほどショックの大きいニュースだったのだろうか。亡くなった人が、僕らと同い年であることも大きかったのかもしれなかった。

「それで、どうして自分は四年間も人事部にいるのに、ハラスメントの相談を一度も受けたことがないのか、考えました。もちろん、〈そんな被害は在籍中に一度も起きていないから〉が答えならどれほど楽かと思ったんですけど、実際はたぶん、そうではなくて。そもそも相談できる窓口が、この会社にはないから。それが答えじゃないかと、そんなふうに思いました」

人事部は、部長を合わせても八人しかいない。約四〇〇人の従業員を相手に、僕らに気軽に相談できるほどの信頼関係を構築するのは、何年あっても時間が足りないと思う。そして、見ず知らずの社員にいきなり深刻な悩みを相談するのもまた、ハードルが高いことは容易に想像がついた。

「それで、部長に相談したところから、この施策の種が生まれていきました」

どうして、胸を張って話せないのだろう。先輩たちの視線は針のように尖っており、尻すぼみになって消えていった自分の声が虚しい。

そこでようやく、部長と目が合った。辻部長はわずかに頷いてから、襷《たすき》を繋ぐように部員に話し始めた。

「うちの会社は五十年近くの歴史がある会社、といえば響きはいいですけど、ただ古い会社、と言い換えることもできます。古い会社だから、いろんなものが遅れていて、きっとハラスメントの先行事例はいくらでもあったはずなのに、今日まで誰も重たい腰を上げずにいただけなのだと思います。それで、なにかうちの会社でもうまく機能しそうな相談窓口の運営手段はないだろうかと、雨宮さんと話を始めました。先ほど桑原さんがおっしゃっていたように、うまくいかない可能性もたくさんあって、すぐに形骸化してしまうケースも考えられます。皆さんに労力だけかけて、ほとんど成果を得られないこともあり得ます。そのことは、正直、申し訳ないと思っています」

部長の話を聞きながら、もしかすると僕は、すでに少し後悔しているのかもしれないと思った。勢いで動き出してしまったことが、多くの人を巻き込んだ結果うまくいかない可能性もある。そんな施策に全社員を巻き込むなんて、畏れ多いし、馬鹿らしかった。桑原さんのように、波風立てずにいれば、こんなに時間を割くことなく働いていられたじゃないかと、僕はずっと前から思っていたのかもしれなかった。

「でも、極度の不安やストレスのせいで、一睡もできなくなった人や、電車に乗れなくなってしまった人、自ら死を選んでしまった人。そうした人々は、職場でのパワーバランス、たとえば男性と女性だったり、先輩と後輩だったり、上司と部下だったり、発注元と外注先だったりといった、バランスが均衡でない状況を利用したハラスメントによって苦しめられてきたパターンが少なくないです。それを、もっとストレートに会社組織に伝えて、改善できる仕組みはないのか。この時代に、不透明なものを少しでも減らす施策が必要なんじゃないかと、私はそう思いました」

先輩たち一人ひとりに目を合わせるようにしながら、部長は続けた。蛍光灯の光が部長の眼鏡に反射するたび、部屋の温度が少しずつ上昇していくような、そんな熱を感じていた。

「私たち人事部は、警察でも検察でも裁判官でも、もちろん神様でもありません。だから『人を裁く』なんてことを軽々と口にはできない。インターネットの画面越しに無責任に責め立てるのとはわけが違います。それでも、同じ会社の人間として、この職場で起こる加害の全てを見過ごしたくないんです。会社は働く場所であって、心身を傷つけられる場所ではない。誰かの加害を見て見ぬフリする場所でもない。だから、誰にも言えない痛みを抱える社員が今も職場にいるなら、私たちにだけはその話ができる。この人たちなら解決に向けて動いてくれる。そう思ってもらえるような信頼を、人事部全員で培っていくことを人事部長として望みます」

先輩たちの背中からは、もう何の感情も感じられなかった。

僕は、船が沖に出て、もうしばらくは陸に帰ってこられないような、そんな心細さを感じていた。

「絶対に、ハラスメントを野放しにはしたくありません」

部長は念を押すようにそう言って、ホワイトボックスに関する細かな説明を始めた。

「雨宮くんさ」

説明会が終わってデスクに戻ると、隣の席の入谷《いりや》さんがキャスター付きの椅子をすべらせて近づいてきた。香水なのだろうか、何倍にも濃くしたバニラのような香りが強くなり、僕は一瞬、口呼吸に切り替える。部屋には僕と入谷さんしかおらず、若手の二人でいる時にだけ流れる、緊張感を欠いた空気が広がっていた。

「どうしました?」

「いや、雑談ね。部長がどうしてこの会社に来たか、聞いたことある?」

「え?」

聞き返すと、部屋には誰もいないはずなのに、入谷さんは僕にしか聞こえないような小さな声で話し始めた。

「私たまたま聞いたんだけど、辻部長、前の会社にいたときにパワハラで何かあったらしいよ」

「え、そうなんですか?」

部長が外資系金融企業の人事部にいたことは知っていたけれど、この会社に転職してきた理由なんて、聞いたことがなかった。

入谷さんの横顔を見ると、黒髪のショートボブからはみ出した耳に、ドーナッツ型の黄色いピアスが揺れていた。プラスチックみたいな素材でできたピアスは十円玉くらいの大きさがあって、オフィスで付けるには目立ちすぎるんじゃないかと思った。

「それでハラスメントとかがもう二度と起きないようにって、自分で社労士の資格取って、人事部への異動希望を出したんだって。行動力すごくない? それから本当に十年くらい、前の会社の人事部で働いてたみたい」

「そうだったんですか」

社労士こと社会保険労務士は、試験の合格率が毎年十パーセントを切っている難関国家資格のうちの一つだ。取得者は人事や労務のプロとして認定されるけれど、うちの会社で社労士の資格を持っている人は、辻部長以外で聞いたことがなかった。

静かに勧善懲悪を徹底する辻部長のスタンス。あれは社会人になってから培われたものであることを、今日初めて知った。

「うちの会社、辻部長が来るまでは、本当に酷かったじゃん。常務が例の事件起こして、いい加減ジェンダー観や人事制度、働き方にも新しい風を入れなきゃって躍起になって、それで社長自ら、外資企業での人事経験がある辻部長をスカウトしてきたんだってさ」

「よく、そんなこと知ってますね？」

情報そのものにも驚くが、入谷さんの情報網の広さにも驚いていた。入谷さんは入社年次が僕より二つ早いけれど、僕が二年後にそんな情報通になれているとは到底思えなかった。

でも、確かに実感できる。

辻部長がこの会社に来てから、社内の制度や雰囲気が猛スピードで変わり始めている。全社を挙げてハラスメントを撲滅しよう、という動きは日に日に加速していて、その速度に、末端にいる僕でさえ若干戸惑うことがある。ましてや、僕と入谷さんを除けば若手が全くいない人事部は、桑原さんを筆頭にほとんどの人が保守派で、辻部長の存在を疎《うと》ましく思っている人も少なくない。そんな環境での改革だから、摩擦は日々強まっている気すらする。

「だからホワイトボックスもさ、部長だって当然気合いが入るってわけで。雨宮くんに助けられてると思うよ」

入谷さんは小さく拍手するふりをしながらそう言った。

辻部長のフレームのない眼鏡と、オールバックで固められた真っ黒な髪と、肌身離さず持ち歩いているＡ５サイズの革の手帳を思い浮かべる。

あの人は、理不尽な力に屈して涙を流す人が減ることを、本気で願っている。少なくともこの会社では、被害者がゼロになることを真剣に考えている。僕が入社して以来、その信念がブレる場面は一度も見たことがなかった。

入谷さんが再びキャスターを転がして自分の席に戻ると、ＰＣのスリープモードを解除した。

「いろいろ大変だろうけど、応援してるから」

その声を合図にするように、他の先輩たちもフロアに戻ってきた。入谷さんは何事もなかったかのように、マグカップを両手で包んで口に運んだ。先輩たちは来週に迫った五月の連休の話をしていて、僕は両家に結婚の挨拶をしに行かなきゃいけないことを思い出した。

六．　雨と沸点

午後に三つの得意先を回った後、直帰するか悩んだ末に、会社に戻った。美貴子が失踪して、四日が経つ。どうせ今日も、家には誰もいない。飯が用意されているわけでもないなら、無人の散らかった家でだらだら過ごすより、少しでも仕事を進めておくほうがましだと思った。

二十時過ぎにデスクに着くと、フロアにはもうほとんど人がおらず、一部では電気が消されていた。俺の課に残っていたのは、長谷川仁美だけだった。

「みんなは？」

ジャケットを脱ぎながら尋ねると、「あ、今日は帰りましたよー」と、長谷川が一瞬顔を上げて答えた。

長谷川は疲れた様子も見せずに働いている。優秀だし、ガッツがある。三条もそう誉めていた。たしかに、こいつを見ていると、不思議とこっちまでやる気が湧いてくる気がする。長谷川にはそういう、言葉にし難い魅力がある。まだ八年目だから早すぎるが、このままいけば最年少の女性課長もあり得るかもしれない。

「今、なんの仕事してんの？」

「あ、今日のプレゼン、反応が良くて。見積もり作ってるんです」

「おおー、あの、女の子が担当のとこ？」

「あ、そうです、そうです！」

「あー、やっぱ女同士、波長が合うみたいなとこがあんだろうな。俺の言ったとおりだったろ」

両手の親指を立てて見せると、長谷川も同じポーズをする。

鞄をデスクの上に置くと、煙草の箱がずれて、床に落ちた。拾おうとした途端、胃の中のガスが溜まっていたのか、昼に食った蕎麦のネギの香りが喉の奥から漏れ出た。

「で、受注取れそう？」

「んー、わかんないですけど、多分」

「なんだよわかんないって」

「あははは」

長谷川がパソコンの画面に目を向けたまま、意味もなく笑う。

「見積もりは、いつ終わんの？」

「あ、これですか？　もう、少しです」

「お、じゃあそれ終わったら、軽く飯でも行かない？」

オフィス近くの店を思い浮かべながら言うと、長谷川はまた軽く笑った。

「あー、でも、ほかの仕事が」

「ええ？　いや、いま作ってる見積もりが通ったらよ、その先のこと考えなきゃいけなくなるだろ？　だから今のうちに戦略練っておきたいんだよ」

「あー、そうか、そうですよね。でも、すみません、連休に入る前にどうしても他の仕事をやっておきたくて」

「あー、じゃあ、それ終わるまで待つよ」

座ると、腰が痛んだ。デスクの脇に週報の山ができており、それを捲《めく》って、判を捺す。

「あの、今日はほんとに、時間かかりそうなので。先に食べてきてください」

「えー？　本当かよ。長谷川の好きなウニ食いに行くって言っても？」

あはははと笑ったあと、やはり顔は画面に向けたまま、長谷川は黙った。

「え、本当に、先に行っていいわけ？」

「はい、すみません、もし早く終わったら、すぐ連絡入れますんで！」

「あーじゃあ、店決めたら、ＬＩＮＥ入れとくわ。それでいい？」

「はい、ありがとうございます！」

渋々、先にオフィスを出た。五月も近いのに、夜はまだ肌寒い。

オフィス街だからか、会社の近くには、居酒屋も定食屋も多い。その中にひとつ、昔からよく使っている海鮮居酒屋があった。元々寿司屋をやっていた店主が開いた店で、この辺りでは群を抜いて、刺身がうまい。今日もそこに顔を出してみる。

「二人で」

「あ、奥のテーブルで！」

いつもの若い店員が、店の奥の二名掛けテーブルを指差した。店名を長谷川にＬＩＮＥで送ってから、生ビールと刺身の三点盛りと、白子《しらこ》を頼む。ビールより少し遅れて出てきた白子を食べようとしたところで、テーブルに、箸《はし》がないことに気付いた。

それで、また美貴子のことを思い出した。

あいつはよく箸を出し忘れる。夕飯の皿を並べるところまではできるのに、箸だけ忘れたりする。飯を食うために箸が必要なことくらい幼稚園児だってわかるのに、美貴子は指摘されるまで、気付かない。何事にも気付けない女だった。人の気持ちを察することができず、こちらが何度指摘しても、学ばない。

挙句、家出の真似事までしているのだから、救いようがない。

苛立ちを流し込むように、ゆっくり二杯のビールを飲んでいると、いつの間にか二十一時半を過ぎていた。

もう店に入って、四十五分は経っている。見積もりの作成に、そんなに時間はかからないだろう。携帯を見ると、ちょうど長谷川からＬＩＮＥが届いたばかりだった。

――すみません！　仕事がなかなか終わらず、もうすぐ解放されそうなのですが、少し体調が悪くなってしまいまして……。楽しみにしていたのですが、今日はお先に失礼させてくださ い。また別日に、ご一緒します！

二度、読んだ。

沸き上がる怒りを殺すため、一度、目を瞑《つむ》り、深く息を吸ってから、返事を打った。

――上司を待たせているのだから、顔くらい出すのが礼儀。待ってます。

携帯をテーブルの上に放ると、残り数センチだったビールを、一息で飲み干す。放ったばかりの携帯をすぐにまた見るが、ＬＩＮＥには既読もついていなかった。

もう一度、今度は芋焼酎をロックで頼んで、それも飲み終わるまでに長谷川が来なければ、帰ろうと決めた。上司の時間を無駄にするような部下に、長く付き合う気はなかった。

運ばれてきたロックグラスを受け取ると、その一杯をじっくり飲んだ。

かなり、ゆっくり飲んだつもりだった。

それでもやはり、長谷川から既読がつくことはなかった。

結局、同じものをあと二杯飲んだが、長谷川はついに現れなかった。

あいつも、そんなもんか、と思う。

やむを得ず、店の入口まで会計に向かった。

どのように長谷川を叱るべきか。そのことを考えながら支払いを終えて、店の外に出ると、ちょうどそこに、見覚えのある後ろ姿が見えた。

長谷川だ。

駅方面に向かって歩いていく長谷川の姿が、確かに見えた。

すぐに声を掛けようと思ったが、タイミングを逸したのは、どうしてか、長谷川はすぐ傍《そば》にある別の居酒屋に、吸い込まれていったからだった。

まるでそっちの店に俺がいると、確信しているかのようだった。

俺も、長谷川の後について行った。店を勘違いしている可能性があると思った。

しかし、長谷川が入っていった店のドアを開けたはずなのに、あいつの姿は、もうそこになかった。

「お待ち合わせですか？」

女の店員が尋ねてくる。

「あ、今、ここに来たのが」

言いかけたところで、すぐ横の個室から、甲高い声がした。誰かを歓迎している様子があって、長谷川の声も、確かにした。

個室は二つある。どちらも座敷だ。手前は誰もおらず、奥の、広い方の個室から襖《ふすま》ごしにギャアギャアと声がする。そのほかに、どこかに出られるような道はない。

迷いなく廊下を進むと、襖を開けた。

若いやつらが五、六人いた。動物園みたいにうるせえ声が、襖を開けた途端に、ピタリと止んだ。

そして、群れの中に、長谷川がいた。コートを脱ぐ途中だった長谷川が、目を見開いて、俺を見た。

「お前、何してんだ」

長谷川はその場で固まり、顔を青くした。ほかの奴らも、ぽかんと口を開けて、俺を見上げたままだった。

「お前ら、うちの社員か？」

前髪がやけに長い、ふざけた髪型をしたガキが、姿勢をただした。

「あ、長谷川の同期の、豊田《とよだ》です。前に、土方課長のところで営業研修も受けました」

六人を見回す。男が四人、女が一人。そこに、長谷川が加わる。

「何してんだ、お前」

「すみません」

もう一度、長谷川に向く。脱いだばかりのコートを腕にかけた状態で、立っている。

「すみませんじゃなくて。何してんだって聞いてんだけど」

じっとこちらを見たまま、長谷川は何も答えない。

「何か言えよ」

「すみません」

「すみませんじゃねえだろ！」

頭の中で、何かが爆《は》ぜた。

糞だ。まともな教育も受けず、上司を裏切ることを大した過ちとも思っていない、糞。

こんなやつのために必死に指導していたのかと思うと、情けなくなり、罵声の言葉が無限に溢れてきた。どれほど俺が、長谷川の成長を願っていたか。どれほど俺が、裏切られた思いでいるのか。

さっきまで飲んでいたアルコールが、全てエネルギーに変換されていった。

冷静になったのは、店を出た後だった。

雨が降っていて、折り畳み傘は会社にあったが、取りに戻る気が起きなかった。一人で駅に向かった。喫煙所はどこにもなかったが、構わず歩きながら煙草を吸った。

階段の混雑を押し退けて、電車に乗る。

車窓に自分が映った。シャツも髪もひどく濡れていた。

最寄り駅に着くと、雨足が強まっている。五分だけタクシーを待ってみようと思ったが、三分経ったところで来る気配もなく、足を進めた。

舌打ちが止まらなかった。煙草を吸いながら、黙々と歩いた。五分ほどしたところにあるコンビニに寄り、傘を買ったが、外国人の店員はなかなか話が通じなかった。

自分の家が見える。

近所の家はみんな明るいのに、うちからは、一つの灯りも見えない。

美貴子はどこにいる。あいつは帰ってくる気がないのか。

もう四日も、留守にしやがって。

鍵を開け、ドアを全力で開く。急いで靴を脱ぎ、家中の電気をつけて回った。靴下まで濡れていて、気持ちが悪い。

「糞。糞。糞」

電気のスイッチを、全力で叩いた。たまに狙いが外れて、うまくつかない。

「糞が」

体が冷えていた。酔いはとっくに覚めている。脱衣所で全裸になって、風呂場の扉を開けた。

そこで初めて、風呂が沸いていないことに気が付いた。

七．ペットショップとドッグラン

最後に「待ち合わせ」をしたのはいつだったか。家に帰ったら、好きな人がそこにいる。一緒にご飯を食べて、一緒のベッドで寝る。起きても当たり前に隣にいて、さよならをしないでいられる。ただいまとおかえりが当たり前になって、どこに行くにも同じ玄関から出掛ける。そんな日々が、同棲してからしばらくは有難いことに思えていて、徐々に当たり前に変わって、慣れ親しんだ今がある。

今日も、二人で家を出た。

五月の大型連休も最終日になった。本当はこの連休を使って、地方に住むそれぞれの両親に挨拶に行く話をしていた。夏には両家の顔合わせを予定しているので、それまでに挨拶は済ませておきたかった。でも両親たちは「わざわざ新幹線が混む連休に来る必要はない」と気を遣ってくれて、結果的に僕らは都内から一歩も出ることなく、この連休を終えようとしている。

山手線は一昨日より確実に混んでいて、スーツケースを持つ乗客の姿も目立った。連休の終わりを、人の数と荷物の量で伝えてくるみたいだった。

渋谷駅に着くと、なんとなく駅から離れるように横断歩道を渡って、パルコの方に向かう。街には知らぬ間にまた新しいビルが生えていて、その中身はほとんど空っぽらしいと、翠さんが教えてくれた。道を歩いている人からは、何かに飢えているような、ギラギラとした熱を感じた。

「あ、待って。犬見たい」

いつものように中身のない会話を続けていたら、翠さんがベルでも鳴らすように、僕の手を二度引っ張った。目線の先を見ると、大きなガラス窓の向こうで、子犬のチワワとミニチュアダックスフンドがぴょこぴょこと跳ねている。

都内でよく見かけるペットショップチェーンが、なんの新鮮さも感じさせない佇まいで、新規オープンの旗を店先に出していた。

「またペットショップできたんだ？」

僕の声など聞こえなくなったかのように、翠さんは手を引いたまま、一直線に店に向かっていく。

「えーやば、かわいい」

ガラス窓ぎりぎりまで近づくと、翠さんは膝を曲げて、二匹の子犬を見つめた。絵でも描くように人差し指を動かすと、チワワとダックスは尻尾を振りながら、それに反応し始める。

「わー、可愛すぎるなーお前たちはー」

犬に向かって猫なで声を出しながら、翠さんはひょいひょいと指を動かしていく。興奮気味に応える子犬たちが、あまりに無邪気で健気だ。

しばらくその様子を見守っていると、「中も見ていこ」と翠さんが立ち上がった。

「あ」

ペットショップの自動扉が開いた途端、動物の匂いと、それをどうにか揉み消そうとするなんらかの人工的な匂いが、同時に鼻に届いた。

「え、どしたの？」

「あ、いや、なんでもない」

「え？」

表情に出てしまっただろうか。翠さんはなにかを疑うような顔で、僕の目を覗き込んだ。

あまり、ペットショップに入りたくない。

その一言を、傷つけず、困らせずに伝える方法がわからなくて、もどかしさに襲われていた。

「え？　なに」

「何が？」

「守くん、ペットショップ、苦手な人だったっけ？」

「いや、そうじゃないけど」

「だよね？　一緒に行ったことあるよね？」

「うん、あるある。あった」

そのときは、まだ、ペットショップについて何も知らなかったから。

数年前、たまたまYouTubeに流れてきたのだった。ペットショップでは子犬の方がよく売れるからと、雌に何度も出産を強いて、たくさんの子犬を「生産」して、それが売れ残ったら、業者によっては殺処分を繰り返してきたのだと。

その動画を見てから、犬や猫を飼うなら、ペットショップではなく保護施設や信頼できる人から譲り受けようと心に決めていた。

だから、ペットショップに入るという行動ひとつとっても、なんだか後ろめたさがついて回る。できれば、自分はそこに加担せずに生きていたいと思う。

そのことを、わざわざ翠さんに説明する気が起きない。別に、とびきり善人でいたいと思っているわけでもないのに、そう見られてしまいそうで、本音を漏らすのが恐くなる。

「見るだけなら、よくない？」

何かを察したように、翠さんが言った。

「飼うんだったら保護犬にしよう、って言うならわかるし、大賛成なんだけど。でも、飼わないんだよ？　見るだけ。それだったら、結局どこで見たって同じだし、救えてないわけで。救えてないいんだから、もう、どこで見ても変わらなくない？」

話している間にも、若いカップルが僕らを追い越して店内に入っていく。またあの複雑な匂いが、鼻腔に入り込む。

「守くん、それは気にしすぎだと思うよ」

頭の中に、翠さんを拒絶する言葉ばかりが浮かんで、心が尖る。丸くなるように必死に抑え込むと、今度は灰色に濁った水が絞り出されるような、居心地の悪さでいっぱいになって苦しい。

やっぱりうまく説明できる気がしなくて、首をひねって、それがまた翠さんを不快にさせるとわかっているのに、止めることができない。

少しの沈黙のあと、翠さんが、何かを思いついたように言った。

「あ。じゃあ、ドッグランは？」

「え？」

「ドッグランならいいでしょ。もう誰かに飼われている、元気な犬たちがわんさかいるんだから」

「ああ、うん、うん」

その犬たちが、みんなペットショップから購入された、血統書つきの由緒正しい犬たちだったとして、いま元気に走り回っているなら、いいのか？

もう、自分でもよくわからなくなった。感情の行き場を無視して、曖昧に翠さんの意見に同意した。

「よし、決定ね。誰も悲しい気持ちにならないドッグランがいいね」

ペットショップを離れて、そのまま代々木公園に向けて、歩き出した。もう一度、繫いだ指先には、きちんと翠さんの温もりがあった。


フェンスのそばで、二匹のトイプードルが舌を出しながら全速力で駆けている。中央にも十匹近くの小型犬がいて、奥のエリアでは、馬かと思うほど大きなボルゾイが優雅に土の上を闊歩している。

代々木公園は花見シーズンの狂酔した空気をようやく拭いきり、今は実に穏やかに、ペットと飼い主たちを見守っている。

「あっちの大型犬、すごいね」

「ね、ボルゾイだよね。久々に見た」

「同じ犬でありながら、大きさで区分けされるってのは、どんな気持ちかね」

遠くのボルゾイを見ながら翠さんが言った。ここのドッグランは犬のサイズによってエリアが別《わ》けられているようで、中型犬、小型犬エリアには一目見た限りでは数えきれないほどの犬たちが走り回っている一方、大型犬エリアにはボルゾイとゴールデンレトリバーしかおらず、二頭ともかなり距離を置いて、くつろいでいた。人に対して無関心な様子は、動物園の檻の中のライオンみたいだ。

「大型犬の顎《あご》で本気で噛まれたら、チワワだったら即死だろうし、別けるのも仕方ないのかも」

レトリバーの口からデロリとはみ出た太い舌を見ながら、僕は言った。

「でもみんな、噛まない子かもしれないよ？」

「うーん、何か被害があってからじゃ、遅いから」

「守くんらしい意見だなあ」

大型犬が寂しそうに見えるのだろうか、翠さんの目は、奥にいるレトリバーを追っていた。

「大きな哺乳類って、大抵みんな、穏やかじゃん？」

「ライオンもヒグマも、凶暴だよ？」

「私はクジラとかキリンくらいの大きさの話をしてる」

「そのレベルになると噛まないってこと？」

「そう」

「……だとしても、ボルゾイやレトリバーは、キリンより小さいよ」

「守くんさ、揚げ足ばかり取ってると、モテないよ？」

へへへ、と二人して似たような声で笑うと、中型犬エリアにいる柴犬とコーギーが目に入る。奥の方でじゃれあっていて、くるくると回ったり、飛び跳ねたりして、まるでショーみたいに僕らを楽しませてくれる。

それに見惚《みと》れていたから、気付かなかったのだろうか。

ふと、眼前で、激しく動いている動物の姿があった。

それがどんな生き物で、何をしているのかも、すぐには理解できなかった。

しかし、数秒も経たないうちに状況を把握できるようになると、途端に鳥肌がたち、思わず目を瞑った。

こがね色のポメラニアンが、真っ白なシーズーに後ろから覆いかぶさり、激しく腰を打ちつけている。

「うわ」

翠さんの声が、低く響いた。

一瞬視界に入ってしまったポメラニアンは、真っ直ぐに前を向いていて、焦点の定まらない目をしたまま腰を振り続けていた。シーズーはまるで何も起きていないかのように、そっぽを向いたままでいる。

目の前で、性行為に出くわしている。

小型犬だというのに、野放しのまま暴れている本能の猛々《たけだけ》しさが、あまりに野性的すぎて怖くなる。視界から外れていても、荒々しい呼吸音が、鼓膜を震わせる。

早く、止めなきゃ。

飼い主は何処だろうか。辺りを見回そうとしたところで、隣にいる翠さんが、ジッと犬を見たまま動かなくなっていることに気付いた。

「すごいね」

「え？」

慌てる様子もなく、翠さんから感嘆の声が漏れる。

「これ、メスからしたらさ、いきなり乱暴に来た、って感じなのかな」

その目は、瞬《まばた》きもせずに見開かれていた。横顔はまるで別人みたいで、翠さんだけがどこか別の世界に取り残されたような感覚に陥った。

「わかんないよ、そんなの。早く飼い主探さないと」

どうして、この状況を凝視していられるの？

翠さんは、目の前の野性に吸い込まれているようにすら見えた。

だらりと下がっている手首を摑んで、翠さんの名前を呼んだ。ちょうどそのタイミングで、ようやく飼い主らしき女性が走ってきた。なにも入らなそうな、小さなマルニのバッグを肩から下げていた。女性はすぐにポメラニアンを持ち上げて、乱暴に引き剝がすと、今度はシーズーを抱き抱えて、丁寧に頭を撫でた。

すぐに、別の女性が来た。

ポメラニアンの首輪を摑むと、すみません、と高い声で謝る。

「何考えてるんですか！」

シーズーの飼い主が激昂し、ポメラニアンの飼い主に、猛烈な勢いで怒鳴り始めた。

ドッグランの空気が、たちまち重く濁っていく。

何頭かの犬がその異変に気付いたが、肝心のポメラニアンは、舌先を口の外に投げ出して、抗《あらが》えない本能に何の疑問も抱くことなく、堂々と尻尾を振っている。

「翠さん、行こう」

翠さんの手を取ると、わずかに抗う感覚があって、でもすぐに僕の手を握り返してくれた。

公園を出るまで、翠さんは何度もドッグランのほうに体を振り向かせた。


「アレクサ、ただいま」

玄関の扉を閉めるなり声に出すと、部屋の電気が自動で点灯した。リビングからは音楽が流れ始め、冬場では暖房、夏場は冷房が起動する。スマート家電の設定は全て、翠さんがしたもので、この部屋はあらゆる効率が凝縮されているように感じる。

もうすぐ更新の時期を迎える１ＬＤＫは、新築の匂いがすっかりしなくなった。

「疲れたね」

代々木公園を出てから、なぜだか電車に乗る気が起きず、僕らは目に入ったコンビニで缶ビールを買って、それを一時間近くかけて飲みながら、まるで我慢くらべのように、家までの道を黙って辿った。

翠さんに続いて、僕も靴を脱ぐ。

すぐに横になりたくて、まっすぐ寝室を目指すと、後ろから声がした。

「お風呂入るまでベッドだめだよ」

「三十秒だけ」

「だめだよ。公園行ってるし、汚いよ」

「じゃあ、十五秒」

「だーめだよ。ソファ行きなよ」

「足、伸ばしたいんだよ」

「ベッド汚れるの嫌だって言ってるじゃん」

「芝生に寝転んだわけじゃないじゃん。翠さん、気にしすぎだよ」

寝室の扉を開けると、クイーンサイズのベッドにそのまま飛び込む。

あぁもう、と、後ろから声がする。

深く息を吐くと、それを合図にするように、体がベッドに沈んでいく。目を瞑ると、缶ビールのアルコールが体のどこを這《は》っているのかわかる気がした。

もう一度、息を吸って、ゆっくりと吐き出す。頭の中まで暗くなって、ぷつぷつと意識が途切れる感覚がある。それもまた、なんだか心地がよくて、いっそ少し眠ってしまおうかと考え始めたところだった。

「ねえ、お風呂」

背中に重力を感じて、全身が尖るように、力が入る。

うつ伏せになった僕に重なるように、翠さんが、上からのしかかっていた。

「重いよ」

「お風呂」

「動けないって」

「ベッド、汚れるよ」

「じゃあ乗っからないでよ」

ふふふと笑う翠さんの声が、耳のすぐ後ろで聞こえた。わずかな沈黙が横切り、その直後、翠さんの右手が、僕の股間に伸びてきた。

「なに？」

手を押さえようと、右手を伸ばす。今度は左手も伸びてきて、首筋から膝下まで、僕の全身をまさぐるように動き始める。

大きな蛇が、身体の上を這っている。

吐息とともに、股間に添えられていた右手の動きが、乱雑に激しくなっていく。

「翠さん」

デニムのファスナーに、翠さんの手が掛かった。

「翠さん」

体をねじって、引き剝がそうと試みる。しかし、べったりと絡み付いていて、離れない。

翠さんの吐く息が、荒く、激しくなっていく。ベッドのシーツが擦れる音がノイズのように響いて、頭の中はこれ以上ないほど冷たく、ただ冷静に、この状況を俯瞰しようとしている。

「翠さん！」

もう一度、翠さんの名前を呼ぶ。

息を吸い、さらにもう一度呼ぼうとしたところで、今度は翠さんの声が爆発したみたいに響いた。

「結婚するんだよ、わたしたち！」

部屋が、震動で揺れた。

翠さんは肩で息をしながら、僕の背中を一度だけ叩いて、離れた。

前髪が降りて、表情が見えなくなった翠さんの、息だけが荒い。

その口元が、震えるようにして動く。

「結婚って、そっちが言ったから」

掠れる低い声が、確かに聞こえる。

「プロポーズしたんだから。一年以上セックスしてないのに、結婚って、そっちが言ったんだから」

寝室の蛍光灯の灯りが、シーツの皺が、時間の分かりづらい掛け時計が、翠さんの瞳が、僕を見ている。

八・声

投稿受信日時：六月二十二日 午後二十一時四十分
投稿者：長谷川仁美（第三営業本部 第二営業部 営業第四課）
本文：

ホワイトボックス　ご担当者さま

本施策の案内を読み、一度、相談してみようと思いました。これから書くことが、果たしてホワイトボックスに投稿する内容としてふさわしいものなのか、また、この被害が自分の思い違いだったり、深刻に受け止め過ぎていることが原因だったりするものではないかと強い不安はあるのですが、私はこの二週間、出勤できない日もあるほど心身に不調をきたしており、早期解決につながればと思い、実名で投稿します。どうか、お読みいただき、相談に乗っていただけましたら幸いです。

（ここに書いてある内容はくれぐれも口外しないことを、改めてお約束ください）

私の上司にあたる、営業第四課土方課長についてです。

私は五年前の四月に現部署に異動となり、それ以来、土方課長の部下として働いています。現部署に来る前から「土方課長は部下に厳しいらしい」という噂を耳にしていたこともあり、異動した当初から、その矛先がいつ自分に向くのか、内心怯えながら仕事をしていたことを覚えています。

土方課長は、「お気に入り」の部下ができると、その人に執着し、徹底的に管理下に置きたがる傾向があります。私が異動したての頃も、ひとりの男性先輩社員が「お気に入り」にされており、プライベートなことまでかなり干渉されながら仕事をしている光景を傍《そば》で見てきました。

そして、先輩が転職することを部署内で発表したその少し前から、今度は私が、土方課長の「お気に入り」になっていきました。ちょうど異動して二年が経ったタイミングでした。

辞めていく先輩の仕事を全て引き継ぐように指示をされ、任される仕事量は一気に二倍近くに膨れました。

早く帰れる日は徐々に減り、遅い時間でも「仕事のことで話がある」「明日に備えてミーティングをしておきたい」と課長から居酒屋等に呼び出されることが増えました。

日付が変わるまで帰らせてもらえない日が多く、終電を逃した日も少なくありませんでした。
お酒の場には得意先の方が同席しているときもあり、営業職の人間として学びになることもあるため、誘いは極力断らないようにしてきました。しかし、回数を重ねるに連れて徐々に話の内容はただの雑談ばかりになっていき、私はただの飲み相手、もしくは接待要員なのではないか、と疑問に感じることも増えていきました。

土方課長は、気に入らない部下に対してはこうした飲みにも誘わず、「あいつはだからダメなんだ」「成績が伸びないやつは上との付き合いが下手なやつ」といった発言を頻繁にして、日々、重箱の隅をつつくように、些細なミスでも厳しく叱責していました。

そんな同僚とは対照的に、私には、「俺の言うとおりにしていれば出世するから」と二人きりの時によく言っていました。あれは「お気に入り」が自分のそばから離れることのないようにかけた呪いのようなものだったと今では思いますが、自分が応援されている以上は、それに応えなければならないと、当時は何度も自分を奮い立たせていました。

ここまで書いたことは、もしかすると営業職を務める人間として、求められて当然の話ばかりなのかもしれません。実際、当時の仕事はとても充実しており、やりがいを持って取り組むことができていました。それだけに、この状況をストレスに感じている私自身に原因があると考える日が続いていました。

しかし、今年の四月二十八日の夜を境に、土方課長の私への態度は、一変しました。

その日は大型連休前ということもあり、見積書の作成等、膨大な業務に追われていて、気付けば二十時過ぎになっていました。フロアには土方課長と私しかおらず、作業をしながら雑談程度の会話をしていたのですが、いつもどおり、あるタイミングで「飲みに行かないか」と誘われました。

こちらはまだ仕事が残っていましたし、それを理由に一度はお断りさせていただいたのですが、無理やり約束を取り付けられ、後から店に来るようにと、指示を受けました。

そこから一人で残業を続けていたのですが、連日の残業の疲れからか、うまく集中することができず、二十一時半を少し過ぎた時点で当分仕事は終わらなそうだったため、「今日は行くのが難しい」と課長に連絡をしました。

（ＬＩＮＥのやりとりは、添付にてスクリーンショットをお送りします）

この日、仕事が終わり次第、私がまっすぐに家に帰っていれば何の問題もなかったのだと思います。二十二時半を過ぎたころ、同期から「飲んでいるからおいで」と連絡が来ました。これも断ろうかと思いましたが、終電まで飲んでいる予定だと言うので、それだったら顔を出せるかと思い、私は仕事を終わらせて、同期の元に向かうことにしたのです。

上司の誘いを断って、同期の飲み会に顔を出すなんて、今思えばかなり浅はかな行動でした。ただ、すでに時間はかなり遅く、課長はとっくに帰ったものだと思い込んで、私は同期からの誘いに乗ってしまいました。


どのタイミングで課長に見つかっていたのか、いつから後をつけられていたのか、詳細はわかりません。ただ、私が同期の待つ店の個室に着いた直後、課長も、その場所に現れました。

そこから、課長による叱責が始まりました。土方課長は本当に威圧的な態度で「若い男に媚びている暇があったら、上司や得意先に媚びを売れ」などといった発言をし、五分ほど怒鳴り続けて、帰っていきました。


この日を境に、私は課長から、指導の範囲を超えているのではないかと疑問に思うほど、不当な扱いを受けるようになりました。

「偏っている労働負荷を軽くするため」「新人教育に力をいれるため」と言ってメインにしていた得意先の担当を次々と外されたり、「緊急性が低い」といった理由から捺印が必要な書類をいつまでも後回しにされたり、提案資料のチェックをしてもらえなくなったり、課内の会議に呼ばれなかったりする日が増えました。

出席できた会議での発言も、それまではよく意見を求められていたはずなのに、急に無視されることが増えました。その理由も聞き出せないほど高圧的な態度でいるだけでなく、睨むようにこちらを見ることも増えたため、気軽に声をかけることも難しくなっていきました。

以前は、仕事中に具体的なアドバイスをもらえることも多かったのですが、最近では、少しでも残業すると「残業代に見合う働きをしているのか疑問だ」といった発言を受けるようになり、以前は笑って許してもらえていたようなミスも、フロア中に響くような声で怒鳴られるようになりました。

こうした行為が始まってから、約二カ月が経ちます。私の売上数値は過去最低となっており、この原因は、自分がほとんどの得意先から担当を外されてしまったことが大きいです。

私自身の努力不足ではないかと考え、外された担当分を補えるように、新規案件の獲得へと尽力もしました。しかし三週間前、やっと自分で獲得した新規取引先がすぐに別の担当に引き継がれてしまったことをきっかけに、私の心は、折れました。

土方課長から浴びせられた言葉や、その時の表情が、勤務中以外も、頭の中にずっと残っています。寝る前に思い出してしまうと、その日はなかなか寝付けず、朝までずっと、自己否定を続けてしまいます。よくないとわかっていても、止められません。

出勤状況を確認いただければわかると思いますが、この二週間は、起床と同時に目眩《めまい》や立ちくらみが起こる日や、駅のホームで嘔吐し、しばらく電車に乗れなかった日もあります。デスクに座っていると、課長のいる方の頬が引き攣《つ》り、耳鳴りが止まなかったり、吐き気に襲われたりしています。叱責を受けていないときでも、声をかけられるだけで息が詰まり、涙が溢れてしまうようになり、トイレに逃げ込む日が、続いています。

今日も、結局出社ができず、リモート勤務の申請をして、この文章を書いています。心療内科の予約はすでに取ったのですが、おそらくこの状態で診察を受ければ、うつ病などの診断結果が出ると思います。

もしも仮に、このあと回復してまた働けるようになったとしても、土方課長がこれまでと同じように職場にいることを考えると、私の復帰は絶望的だと思います。部署やオフィスを異動する形でなら復帰できるとは思うのですが、それではまた、別の誰かが犠牲になるのを繰り返すだけなのではないかとも、考えてしまいます。

ホワイトボックスの運用が始まったと聞いて、この投稿が、自分や職場にどのような影響をもたらすのか、場合によっては土方課長に復讐されるのではないか、同僚に迷惑をかけるのではないかと、想像をしては怖くなり、勇気を出せずに文章を書いては消すことを繰り返してきました。

しかし、やはり過去を振り返ってみて、私は二度とあんな目に遭いたくない、ほかの誰かも被害には遭ってほしくない、という気持ちだけは消えず、まずはその気持ちだけでも伝えたいと思い、この文章を投稿することに決めました。

どうか、一度、ご相談に乗っていただけたら幸いです。
よろしくお願いします。

営業二部四課　長谷川仁美

九．　涙は静かに言葉を越えて

「ホワイトボックスですか？」

辻部長から手渡された資料を一枚めくった入谷さんが言った。僕も慌ててページをめくると、ホワイトボックスの受信フォームをプリントアウトしたものが目に入る。Ａ４用紙で複数枚にわたって書かれた投稿文には、見知った名前が何度か出てきていた。

「土方課長」

本文を軽く流し読みしただけで、土方課長と話すたびに感じていた、あの威圧的な空気がありありと蘇ってくる。

あれは、僕の勘違いじゃなかったのか。

だとしたら、産業医面談やほかの場面で、もっと僕が土方課長に何かを言えていたら、長谷川さんはこんなことにはならなかった？

長谷川さんの顔を思い出す。何年か前の社長賞の授賞式で、大勢の社員の前で潑剌《はつらつ》と喋る姿を見たことがあった。あのときも、長谷川さんの横には土方課長の姿があった。あれは、いつだっただろう。当時から、ハラスメントは日々、行われていたのだろうか？

「細かなところは、のちほどよく読んでおいてください」

向かいのソファに座る辻部長はそう言うと、僕と入谷さんの顔を交互に見た。

八畳ほどの応接室には二人掛けの茶色のソファが向き合うように置かれていて、その間にはガラスの天板の載ったローテーブルが窮屈そうにしている。部長は指紋で汚れた天板を隠すように、黒い手帳をテーブルの上に置いた。

「ホワイトボックスの運用ルールにあるとおり、原則、ハラスメントの被害者には同性の担当者に対応してもらいます。今回の投稿者は女性なので、入谷さんがメインの窓口に。雨宮さんは、ホワイトボックスの主担当として補助に入ってもらいます」

はい、と僕が返事をするより早く、資料を見ていた入谷さんが「ひどいな」と声を低くして呟いた。部長は軽く頷くと、何も聞かなかったように話を続けた。

「ハラスメントへの対応にあたって、大切なことを覚えていますか？」

「まずは、被害者のケアを最優先すること、ですよね」

記憶を探るより早く、入谷さんが答えた。

人事部内の勉強会を思い出す。優先すべきは、加害者の処分よりも被害者の救済だと、部長は繰り返し告げていた。

「そう。たとえば今回の告発によって、彼女がこの会社で不利な立場に置かれるようなことは絶対に避けなければなりません。もしもそのようなことがあれば、この会社のハラスメント対策は失敗に終わっていると考えてほしい。被害者の立場、尊厳を守ることは、それほど重要です」

部長は一瞬、資料に目を落として、またすぐに僕らを見た。

「たとえば、お二人が社内の誰かに傷つけられて、最後に助けを求めた場所が人事部だとします。しかし、人事部からも被害を信じてもらえず、見離されてしまったら。その時はもう、職場や社会を、二度と信じられなくなってしまうと思いませんか」

僕らは小さく頷いた。部長の眼鏡のレンズが、蛍光灯の光を反射して白くなる。

「私たちは被害者にとって、重要なセーフティネットです。相手への偏見や先入観を捨てて、話を聞いてあげてください。被害の内容を疑ったり、否定したり、軽く見ようとしたり、原因が被害者にあると思わせるようなニュアンスの発言は絶対に避けてください。真相をはっきりさせようと急ぐあまり、相手が話したくないことを無理に聞いたりもしないこと。そして、言うまでもないですが、人事部以外、さらに言えば、この場にいる三人以外に口外しないでください」

部長はそこまで一息で話してから、投稿文を一度最後まで読むように僕らに伝えた。

そこに書かれていた土方課長のハラスメント行為は、あまりに身勝手で、独善的だった。それでいて、土方課長ならばやりそうだ、と思えるリアリティが確かにあって、でもこの「やりそうだ」と思う気持ちもまた僕の偏見のひとつに過ぎず、事実だけを読み取ろうとしても、なんらかの偏りを持って読んでしまう。まずは本文だけを読む。それだけのことが、どうしても難しく思えた。

「長谷川さんって、すごい活躍してた人だよね？」

入谷さんに訊ねられて、僕は頷く。

「最近は四課全体が不調ですけど、確か一昨年とかは、通年で長谷川さんが第三営業本部内の売上トップだった気がします」

思い出した。それで第三営業本部のＭＶＰを獲ったから、長谷川さんは社長賞の場で登壇していたのだ。

「それ、土方さんが上司のとき？」

「そうです」

「じゃあ、確かに〈お気に入り〉にされると、成績は伸びるんだ」

入谷さんが頭を掻いてぼやくと、部長が手帳を手に取りながら言った。

「そこは、考えても意味のないことですけどね」

入谷さんが顔を上げると、部長は手帳をめくりながら、どこを読むわけでもなく話を続けた。

「加害者が上司や営業パーソンとして優秀かどうか。それは加害の有無を確認する上では不要な情報ですし、ノイズになりがちです。たとえ部下の成績を向上させた実績があったとして、そういう優秀な上司ならハラスメントは揉み消していい、とはなりませんから」

「でも、土方課長を擁護するつもりはないですけど、たとえば会社の利益だけを考えるなら、確かな実力や評価がある人を失うことは、組織にも損失になりませんか？」

そう尋ねながら、いや、この言い方は、それでも土方課長を擁護しているみたいだな、と自分の声に驚く。辻部長は間髪入れずに「それこそ、危険な考えだと思います」と言って続けた。

「雨宮さんの意見は、優秀な人間に対しては多少の素行の悪さがあっても目を瞑って、その地位を守ってあげるべき、という考えになります。つまり、優秀だったらハラスメントも許されるし、多少の暴言や暴力は見ないフリをしろ、という思想です」

部長は手帳を閉じると、眼鏡を外しながら言った。

「誰かを優遇し、多少の素行の悪さは目を瞑ろう、人に危害を加えてもよいだろう、と特権を与えることは、誰かが差別され、被害に遭っても仕方ない、と伝えることと同じだと私は思います」

入谷さんが横で細かく頷く様子が、視界の端に映る。

「そこまで大袈裟な話じゃない、と思うかもしれませんが、では、どこまでが大袈裟な話になるのか。今回の件、長谷川さんが被害に遭い、土方課長が加害していたのが事実なら、〈優秀だから〉という理由で土方課長を許していいわけがないですし、逆に、長谷川さんの営業成績が著しく悪いからといって、彼女を守らなくていい理由にはならないはずです。これがたとえ、土方課長ではなく副社長や社長による加害だったとしても、話は同じです」

そりゃあそうですよね、と入谷さんは自分に言い聞かせるように返事をして、また資料をめくり出す。

そりゃあそう、なのか？　社長や副社長がハラスメントをしていたとしても、僕は毅然とした態度で立ち向かえるだろうか？

部長は腕時計を確認すると、そろそろ時間が、と言った。

「入谷さん、まずは長谷川さんに面会できるよう、スケジュール調整をお願いします。私も時間が合えば同席しますが、基本は雨宮さんと二人で対応を。もしも社外の喫茶店などで面談する場合は、経費にするので領収書を忘れずに。初動が遅れると、投稿者の精神的な負担も大きくなります。できれば今日中に返事をしてあげてください」

「はーい、了解です」

部長がソファから静かに立ち上がる。

僕は、どうすればいいですか。

ふいに口に出そうになって、慌てて言葉を飲み込んだ。

ずいぶん他人任せな台詞だ。ホワイトボックスについては僕が言い出しっぺで、主担当なのだから、自分で考えるしかないじゃないか。

奮い立たせようとして、でも、なんだか、深い暗闇に向かって石を投げるような心細さが、自分の内側からしくしくと音を立てて広がっていく。

入谷さんも席を立ち、ひとりでテーブルやソファの位置を整えてから、応接室を出た。光量の乏しい廊下がいつにも増して暗く感じられ、廊下に付けられた窓を見れば、外には梅雨を絵に描いたような雨が、寂しげに降り注いでいた。


長谷川さんとの面談が実施されたのは、それから五日後のことだった。曇り空が広がる蒸し暑い午後、入谷さんと二人で会社を出ると、指定された面談場所に向かうべく、汗を拭いながら地下鉄に乗り込んだ。

電車で二十分ほど行った先にある喫茶店は、特段新しいわけでもないけれど清潔感は保たれていて、時間を持て余した老人とサラリーマンが半々の割合で席を埋めていた。待ち合わせしている旨を店員さんに告げると、時間貸しの個室に通されて、そこに長谷川さんの姿があった。

「すみません、こんなところまでわざわざ」

白のカットソーに紺色の薄手のジャケットを羽織った長谷川さんが、まるで自宅に招いたように照れた様子で言った。

「いえいえ！　こちらこそ、ありがとうございます。実はうれしかったんですよー。人事ってホラ、なかなか外に出る機会がなくて。たまに外出予定があっても、大抵行き先は労基署とかハローワークとか、超地味な場所なんですよねー。だからこう、カフェで打ち合わせとか、もうワクワクしちゃって。ほら、見てくださいよこれ、おニューの靴」

入谷さんはディズニーキャラクターみたいに、靴のつま先を持ち上げてみせた。白いスニーカーは汚れのひとつも見られず、蛍光灯の光を吸い込んだみたいに眩《まぶ》しかった。長谷川さんは入谷さんの取ったポーズを見て、クスクスと笑った。

元気そうだな、と思った。投稿文を読む限りでは、長谷川さんはもっと絶望的に体調も悪く、笑顔も作れないほど苦しんでいるのかと思った。今日もハラスメントの被害について話すのだから、もっと落ち込んでいたり、悲しんだりしている様子を想像していた。でも、実際に会った長谷川さんからはそんな空気が微塵《みじん》も感じられず、どちらかといえば元気だし、僕より陽気に感じられるほど、楽しそうに入谷さんと話している。

「なんか、勝手にテンション上がっちゃってすみません」

「いえ、むしろ、ありがとうございます」

長谷川さんは軽く頭を下げて、また小さく笑顔を向けた。灰色のテーブルを挟んで、三人で席に着く。まだまだ談笑が続きそうな空気が流れたが、そろそろ本題で大丈夫です、と長谷川さんが自ら仕切ってくれて、入谷さんは申し訳なさそうな顔をした。

「じゃあ、すみません」

入谷さんが鞄からボイスレコーダーを取り出した。録音どうぞ、と長谷川さんが先に許可をくれて、入谷さんはわざとらしく咳払《せきばら》いをしてから、レコーダーのスイッチを押した。

「では、改めまして。長谷川さんの投稿、人事部で受理しまして、ここにいる私と、ホワイトボックスの主担当である雨宮くんの二人で担当することになりました。内容については、人事部長と私たちだけが把握し、それ以外には口外しないことをお約束します」

入谷さんの声は遊園地のアトラクションの係員のように抑揚がハッキリしていて、溌剌としていた。長谷川さんはその言葉の一つひとつを掬いとるように、熱心に耳を傾けている。

「それで、今日は投稿いただいた内容の確認と、その詳細を聞きに来ました。ただ、無理に全てをお話ししなくても、大丈夫です。絶対に思い出したくないことって、きっとあると思うので。どうしても話したくない！　辛い！　と思ったときは、言わなくても大丈夫です。……と、優しいことを言いたいんですけど」

話を区切った入谷さんの横顔を見る。やっぱり前と同じ、厚手の黄色いピアスが存在を主張している。

「私、長谷川さんの投稿を読んで、一緒に闘いたいかもって思ったんです。もしも長谷川さんも、闘ってほしい！　と思って投稿していたのなら、この際、どうか包み隠さず、話してもらえませんか。もちろん、無理にとは言わないので」

長谷川さんは軽く口角を上げて、その後、小刻みに二度頷いた。

「ありがとうございます」

少し小さくなった声には、さっきよりも深く感情が込められている気がした。

「まだ、自分でもうまく受け入れられていなくて。言葉にしようとすると、ちょっと変になっちゃうかもしれないんですけど、でもぜひ、お話ししたいです」

入谷さんは休符を意識するように軽く息を吐いてから、背すじを伸ばした。

「じゃあ、まずは時系列に沿って、長谷川さんが今の部署に異動してきたところから、思い出せる限りで、お話しいただいてもいいですか」

「はい」

長谷川さんも同じように姿勢を正して、テーブルの一点を見つめた。

「えっと……。まず、今の部署に異動になる前から、厳しい人だよ、とは聞いてたんですね」

「土方課長が、ですか？」

「はい。土方課長の部下になったらメンタルで倒れるぞーって、当時から若手の間では少し噂になっていたので。だから、土方さんの下で働くと知ったとき、私も標的にされないようにしなきゃって、まずはそれだけでした。課長に嫌われないようにしようと、必死でした」

当時のことを思い出そうとしたのか、少しの沈黙があって、そこで初めて、この部屋は外の音が全く聞こえないことに気付いた。

「ホワイトボックスに書いたとおりですけど、配属されてからは本当にハードで。すごく良くしてもらっていた、と言えばそうなんですけど、仕事もたくさんあるのに、二人で飲みに行くことも、週に二、三回くらいあって」

「週三って、結構ですね」

「ですよね？　先輩だけでなく課長の担当する得意先もいくつか直接引き継ぐことになって、その引き継ぎ期間はずっと一緒にいて、その話をしたいからって飲みに誘われることも多くて」

「いつ食事に行ったとか、記録残ってます？」

「得意先から直帰した日はほぼそれなんですけど、具体的には残ってないです。課の経費を見ることができれば、少しわかるかも」

「なるほどです。その食事中って、どんな話するんですか？」

入谷さんはただ好奇心で聞いているかのように、体をテーブルの前に乗り出した。横から聞いているとそのヒアリングの仕方は慎重さを欠いているように見えて、不安になる。それともこのくらいのテンションの方が長谷川さんも話しやすいのだろうか？

「課長と飲んでいるときは、仕事論というか、精神論ばっかりです。営業は断られてからが勝負だ、みたいな。で、少しお酒がまわってくると同僚や会社の悪口が出て、最後は、昔はよかった、お前にもあの時代を味わわせてやりたい、みたいな」

「ああー、おじさんあるある、全部じゃないですか」

入谷さんが笑いながら言うと、長谷川さんも何度も頷きながら笑った。

「あの、覚えてる限りでいいんですけど、その飲みの場で、ハラスメントだな、と感じたことはありましたか？」

「え、ああー……。胸のサイズを聞かれたことは、たぶん、二度くらいありました」

「うわシンプルに最低」

入谷さんが声を低くした。

「でも、得意先もいて、会話の流れもあったし、こっちもさらっと受け流せたからそんなに不快でもないというか」

「あ、長谷川さん」

入谷さんが挙手するように軽く右手を持ち上げて、声を少し、尖らせた。

「傷ついた事実は、嘘にしなくていいですよ。この場ではもう、傷自体を隠したり、軽傷に見せかけたり、しないでいいです」

ピシャリ、という言葉が似合った。急に研ぎ澄まされた鋭い声が、部屋の中で緊張感を持って回遊した。

「無理に笑顔を作る必要もないし、自分の発言が相手の機嫌を損ねてしまうかもとか、考えないでください。私たちは、長谷川さんが一番大事です。会社として何ができるか、最大限の支援ができるように、まずは気持ちをそばに置きたい。だから自分の悲しみや傷は大したことないものなんだとか、絶対に思わないでください」

お願いします、と入谷さんが軽く頭を下げた。

僕も、同じように頭を下げるしかなかった。テーブルを間近に見ながら、自分はハラスメント被害の相談に対する覚悟なんて全然できていなかったことを、思い知らされていた。

長谷川さんはしばらく考え込んだような顔をして、それからゆっくりと俯《うつむ》いた。ポケットティッシュを取り出すと、静かに鼻をかんで、すみません、と小さく笑った。

長谷川さんは、別に大丈夫なんかじゃなかった。

ようやく、そのことに気付きつつあった。この人は、いつ心が折れてもおかしくない状況で、それでもギリギリのところで踏ん張って、気丈に振る舞ってくれていただけなんだ。

鼻をかむ音が、部屋の中で控えめに響く。その間も長谷川さんの頰をゆっくりと降りていく涙は、僕らに、いや、入谷さんに心を開いた証拠みたいに思えた。

「すみません」

「大丈夫です」

入谷さんが放ったその言葉の、力強さ。僕ではきっと、長谷川さんの心を開いてあげることはできなかった。それが「男だから」なのか、単純に話力がないからなのか、それとも、真摯に相手に寄り添おうとする心が自分には足りていないからか、わからない。

長谷川さんの涙が、静かに僕を試している気がした。

緊張の糸が切れたのか、もう一枚のティッシュで目尻を拭った長谷川さんは、さっきより少しだけ、呆《ほう》けた顔になった。入谷さんは僕の隣で、じっとその様子を見守っていた。

「なんか、すみません」

「いえ、むしろ、安心してます」

入谷さんの声が大きく響いた。でもそれは、入谷さんの声のボリュームが上がったわけではない。この人の声は、聞く人の耳の奥の奥までまっすぐ届くことを知った。

土方課長が長谷川さんを〈お気に入り〉にしていた時期は、そこから約三年、続いたらしい。辞めていった先輩や土方課長が担当していた得意先はどんどん長谷川さんに引き継がれ、さらには新規の小売店や卸《おろし》の開拓も、まるで長谷川さんが一人で背負うように進められることになったという。

「今思うと、異常だったんです。もう、休みなんて全然ないし、四六時中、課長の横にいる感覚で。でも、何をしてくるわけでもないんです。ただ、監視下に置かれている、みたいな」

「それ、しんどいですよね。監視って、どんな感じなんですか？」

「もしかしたら監視ってほどでもないかもしれないですけど。たとえば、課長が会議で離席している間、自分は自分の仕事をするんですけど、そしたら、会議から戻るとすぐに、今の時間なにしてた？　できたもの見せて？　って、成果物を求められるんです」

「今の一時間、何してた？　って」

「そうです、そうです」

「こわ。束縛彼氏みたい。それ、課員全員にじゃなく、長谷川さんにだけ、ですか？」

「はい。たぶん私だけに。ほぼ毎回でした」

「きつすぎる」

不意に低く聞こえた声は、自分のものだった。余計な口出しをして二人の空気を乱すくらいなら、黙って記録を取ることに徹するつもりが、思わず反応してしまう。長谷川さんは小さく笑みを配ってくれた。

「上司として気にかけてくれていただけ、と言えば、それまでだと思うんです。でも、今の仕打ちとの落差も含めて、あまりに対応が違いすぎて」

そこでまた、沈黙を嚙みしめるように静かになった。

入谷さんは長谷川さんの顔を覗くようにしながら、さらに訊ねる。

「現状のように仕事をほとんど奪われた状態になったのは、例の、同期の方たちとの飲み会がきっかけだったんですよね？」

「あ、はい。思い当たる限りでは、それかと」

「その日から、土方課長の嫌がらせも始まったんですね」

「嫌がらせっていうか、私の中ではもう、ハラスメントだと思ってるんですけど」

「私も、そう思います」

空気の色、なんてものはないとわかっているけれど、確かに色が、変わっているように感じた。苦しみや悲しみから、怒りに変わる。そんな空気が、長谷川さんだけでなく、入谷さんからも感じられた。

「投稿文として書かれていたのは、得意先の担当を外される、捺印書類を後回しにされる、提案資料のチェックをしてもらえなくなる、会議に呼ばれない、会議で発言を無視される、人格否定の言葉を投げられる、などでしたけど、ほかに覚えはありますか？」

入谷さんのその質問から、長谷川さんは突然電池が切れたように俯いて、動かなくなった。

ぼんやりと机の一点を見つめていたかと思うと、ゆっくりと唇を動かして、発声の仕方を取り戻すように、声を出した。

「なんていうか、最近はもう、ずっと棘《とげ》がある言い方をされたり、私のミスに対する当たりが、極端にきつくなっていて」

長谷川さんの声が、かすかに震えだした。土方課長の言動が、トラウマとして、強く心に縫い付けられていることを証明するようだった。

「部下には平等な機会を与えるのが、課長の仕事だろ、とか、昔はそんなこと一度も言わなかったのに、突然そういうことを言われて、露骨に無視をされたり、仕事もどんどん外されたりして、空気みたいな扱いになって。代わりに、経験も浅い、何もわかってない後輩が、それをやらされてたりとか。さすがにおかしいと思って、理由を聞いても、後輩の育成に文句をつけるなと一蹴で。完璧に、窓際に置かれている感じがすごくて、そうなると、会社に行っても、本当に居場所がないんですね」

涙を堪えようとしているのか、長谷川さんは大きく目を見開いた後に、ため息をつき、肩を落とした。

「『上司』ってすごいなあって思いました。その人の匙《さじ》加減ひとつで、ここまで他人を追い込むことができて、心をボロボロにさせることができて。部下のことを、まるでダメ人間みたいにさせちゃう。そんなことがありえるのかって、私、信じられなくて」

そこまで話して、長谷川さんはまた、俯いた。僕は長谷川さんの表情を、ただじっと見つめることしかできなかった。

「最近はもう、朝起きると、めまいがひどかったり、電車にうまく乗れない、降りられない、みたいな日ばかりで。今日みたいに、午後になっちゃえば、元気な時もあるんですけど、朝はもう」

声がどれだけ震えても、長谷川さんは、僕らに話すことを放棄することはなかった。

ハラスメントと「いきすぎた指導」は境界が曖昧だ、なんてよく言われるけれど、こんなにボロボロになった人を前にして、そんなことが言えるだろうか？　土方課長がしたことは、単純に人の自尊心を打ち砕こうとする暴力であって、あまりに残酷すぎた。全てを打ち砕かれてしまったような長谷川さんの顔を見て、僕はようやく、そのことを実感しつつあった。

少しの間、沈黙が溢れた。

長谷川さんに、僕からも何か声をかけるべきだと思った。男性としても、土方課長がしたことは本当に恥ずかしいし、断罪されるべきであると。

どう伝えるか思いあぐねていると、呆けていた長谷川さんが口元にギュッと力を入れ、隣に置いた鞄から、スマートフォンを取り出した。

「例の、同期との飲み会のあいだ、たまたまカメラを回したままにしていた子がいて。もちろん、土方課長が来てからは天井以外、何も映っていないんですけど、音声は、そのまま録《と》れていたんです」

「え、本当ですか？」

入谷さんが軽く身を乗り出すと、それを合図にするように、長谷川さんがスマートフォンを指でなぞった。

画面には居酒屋の個室の入口に立つ、長谷川さんの姿が映し出されている。同期と思われる人たちの歓声が上がっていて、長谷川さんはそれに応えるように、今日とはまた全く違う笑顔を見せた。しかし、その背後から、音もなく男が入ってきたかと思うと、画面は途端に、天井の照明だけを映した。

直後、男の怒鳴り声がした。

間違いなく、土方課長の声だった。一瞬にして破裂しそうなほど緊張した空気が、居酒屋の個室を走り抜けていた。天井を映し続けるカメラだけが素知らぬ顔をしていて、そこから聞こえる言葉は、耳を塞ぎたくなるほど酷いものばかりだった。

あまり聞きたくなかったのか、長谷川さんはすぐに動画を止めた。

「これ、なにかの証拠になりますか？」

入谷さんはゆっくりと時間をかけて頷いて、

「バッチリすぎますね……」

と、声を小さくして言った。

長谷川さんは長く息を吐いて、でもまたすぐに、表情を曇らせてしまう。あとでデータ送っておきますね、と言いながら、スマートフォンを鞄にしまって、またテーブルの一点を見るように俯いた。

入谷さんも僕も、土方課長の怒りを前に、言葉をなくすしかなかった。

「このあとから、先ほどの、ハラスメントが始まりました」

憔悴《しょうすい》しきった様子で、長谷川さんが声を絞り出す。

「とくに、もう、この二週間くらいは限界で。出社できても、使い物にならないんです。土方課長は私の左手に座ってるんですけど、そっちの耳だけ、痛くなったり、そっちの頬だけ、ピクピク痙攣《けいれん》してたり。デスクに座ってるだけで、理由もなく涙が溢れてきたり。なんか、明らかな体調不良が、あまりに多過ぎて。心より体が、もうダメだって、ずっと言ってるんです。この状態を、できれば、抜け出したくて」

どうか、お願いします。

おそらく、そう言ったのだろう。長谷川さんの声は、蚊が鳴くように小さくなり、おそらくレコーダーにも残らないと思った。

入谷さんはゆっくり頷くと、もう一度、耳の奥に届きそうな、はっきりとした声を出した。

「たとえばですけど、念のために第三者、たとえば同じ課員の方や、同期の方に、話の裏を取ることもできるんです。より情報を強固なものにできると思います。長谷川さんは、どうしたいですか？」

長谷川さんは、小さく表情を歪めてから、入谷さんの目を見て言った。

「それは、やめておきたいかもです」

「一応、理由を聞いてもいいですか？　課長に、共犯がいたりしますか？」

「いえ。でも、なんというか、私、人間不信みたくなってて。同じ課の同僚からは、被害妄想なんじゃないかって思われてたりしないかなって」

「長谷川さんの、この状況を見ていてもですか？」

入谷さんが目を大きく見開いて言った。確かに、ここまで弱っている人に対して、そんなことを思う人はいないんじゃないか。

「ただの勘違いとか、自惚《うぬぼれ》もあると思うんですけど。でも、よそから見れば、課長の〈お気に入り〉になって、かなり優遇されてるように思われてた私が、そこから外れた途端に、ハラスメントだって騒いでるんです。あいつ、ワガママな女だって、そう思う人がいても、おかしくないと思いませんか」

長谷川さんは唾を吐き捨てた直後のような表情をして、その吐き捨てたものが長谷川さん自身の自尊心ではなかったかと、僕はその顔を見ていた。入谷さんは慌てたように「そんなことないです」と強く答えた。それでも、長谷川さんの顔にかかった影は溶けない。

「わかんないです。わかんないですけど、私がこの告発をしたことで、私がただ弱いだけだったと、周りからそう言われることが、今はもう、怖いんですね」

また涙が落ちて、そこで入谷さんが、何かに気付いたように背すじを伸ばした。

「じゃあ、やめましょ！」

今日一番、大きい声に思えた。驚いて横を見ると、例の黄色のピアスが小刻みに揺れている。

「長谷川さんが後ろめたくなることは、一切やらないでよしですよ！　第三者になんて絶対に関与させないです。それに、さっき言ったじゃないですか。今日この場は、自分なんかって思わないでいてください。耐える必要もないものを耐えてきたのは、環境のせいであって、つまり、土方さんを野放しにしてたことや、これまでの状況を放っておいた私たちのせいであって、絶対に長谷川さんのせいじゃないです。長谷川さんは、少しも悪くない。悪くないですから」

誰かを勇気づける、でも、同情しているようには見せない、背中を押すための笑顔と言葉。入谷さんの言動一つひとつが、僕には到底できそうもないものばかりで、そのことが憎さを覚えるほど歯痒《はがゆ》い。入谷さんがいなかったら、今日の僕に、一体何ができただろう。

長谷川さんは少しだけ笑いながら頷いて、何度かそうした後、やがて顔を伏せるように、下を向いた。ありがとうございます。と言ったのだろう。その言葉は、もう僕にはうまく聞き取れなかった。

この二カ月、長谷川さんはずっと悔しかったのだと思う。悔しくて、苦しくて、たくさんの怒りと悲しみが、朝も夜も襲っていたのだと思う。

　ボロボロになった自尊心をなんとか抱えながらここまで辿り着いた長谷川さんは、声を押し殺すようにして、肩を震わせた。グラスから水が溢れるように、溜め込んだものを抑えられなくなったようだった。向かいに座る入谷さんはゆっくり立ち上がると、テーブル越しにその肩を撫でた。大丈夫、大丈夫と言い聞かせるたび、長谷川さんの泣き声は、少しずつ大きくなっていった。僕はその音声を録音し続けているレコーダーが、ひどく残酷なものに思えていた。

十．揺るがぬ事実に心は揺れる

「少しお時間、よろしいですか」

早朝に出社して、デスク周りを片付けている最中だった。知らぬ間に、目の前に人事部長の辻が立っていて、俺のことを上から見下ろしていた。その後方には、雨宮が金魚の糞みたいにくっついている。

「ずいぶん早いすけど」

壁に掛かった時計を指差す。まだ、八時前だ。周りを見ても、管理職以外はほとんど出社していなかった。

「少し、急を要す話がありまして」

「ここで聞くんじゃ、ダメです？」

床まで広がった書類の山を見せる。古い資料をまとめて処分しようと整理しはじめたが、散らかる一方だった。

俺は軽く屈伸するように立ち上がると、辻の顔を見下ろした。

「ほかの方の耳に入ると、よろしくないかと」

「は？　どういうことすかそれ」

ははは、と笑ってみるが、相手方は表情ひとつ変えない。すぐ隣の課から、三条が見ている気がするが、キーボードをタイピングする音だけは変わらず聞こえてきている。

「応接の三番を取ってありますので、そちらで」

辻がそう言うと、返事を待たずに人事の二人は歩き始める。

「なんだよ、それ」

床に散らばった書類を強引にデスクに積むと、手帳と煙草だけ持って、辻と雨宮を追った。


案内された応接室は、前に雨宮に呼ばれて面談をしたときと同じ部屋だった。

四脚の古い椅子と、灰色のテーブル。黄ばんだ壁。申し訳程度に飾られた絵画は花瓶と花が描かれているが、全体的に暗くて地味だ。

「本日はあくまでもヒアリングの場として、お越しいただいています。率直にお答えいただけたら幸いです」

てっきり人事部長と話すかと思ったが、肝心の辻は入口近くまでわざわざ椅子を動かして、刑事ドラマの上役みたいに偉そうに座っている。なよなよした声で口を開いたのは雨宮で、その横には、たまに人事部で見かける女性社員が座っていた。イタチのような顔をしていて愛嬌はありそうだが、安そうな黄色のピアスは、サラリーマンとしてなっていないと思った。

「何の話?」

雨宮の顔を真っ直ぐに見る。紗良と同い年、だったか。コイツの方がガキっぽく見えた。

「ホワイトボックスに届いた、ある投稿についてです」

「ホワイトボックス？　ああ、あの」

オフィスの至るところでポスターは見かけていた。あんなものに投稿するほど暇なやつが、うちの会社にいるんだろうか。

テーブルに肘《ひじ》をつくと、雨宮の隣に座っている女性社員が観察日記でも始めそうな目で俺を見た。雨宮がわざとらしく咳払いをして、続けた。

「土方課長によるハラスメントがあるのではないかと、投稿がありました」

「は？」

狭い応接室の中で、俺の声が反響した。

「なにそれ。誰、そんなこと言ったやつ」

「もちろん、まだ確定ではありませんので、安心してください。今日はただ、課長からお話を聞ければと」

「いや、待てよ。俺がいつ、誰にしたってわけ？」

左手で二度ほど、軽く机を叩く。雨宮の奥に座る人事部長を見た。何やらメモを取っているが、呑気にそんなことしてる場合じゃないだろう。

「辻部長。これ、こんな新人に任せていていいんですか？　もしも冤罪だったら、タダじゃ済まないですよ？　人事部の沽券に関わる問題なんじゃないですか？」

辻は眼鏡を直しながら、大して慌てる様子もなく口を開いた。

「課長、先ほど、雨宮さんが伝えたとおり、本日は純粋にヒアリングをしに来ています。投稿の内容が事実と異なると分かれば、もちろん何も問題ありませんし、現時点では疑っているわけでもありません。どうか、ご協力をお願いします」

辻は座ったまま、頭を下げた。それでまた、ダンマリだ。

代わりに雨宮が、機械みたいに喋り始める。

「お聞きしたいのは、課長の部下にあたる、長谷川仁美さんのことです」

「長谷川？」

俺が、長谷川にセクハラしたってことだろうか。

ちゃんちゃらおかしかった。ふざけているとしか思えない。

「あいつが、どうしたの？　俺がセクハラしたって？　いつ、どこで、どんなふうに？」

机を爪の先で叩いて、雨宮を見る。横の女性社員が何やら反抗的な目で睨んでいる気がするが、そっちは無視することにした。女がそういう態度じゃ、少なくとも営業には向かないだろう。

「その投稿文、見せてみろよ。俺がどんなことしたのか、書いてあんだろ」

「内容は、すみません、お伝えできないので、まずは、課長にヒアリングを」

「いや、だから」

ため息が出た。

「俺はやってないって言ってんだよ。それで終わり。はい、見せて」

「お見せすることはできないので、まずは」

「言い掛かりだろ！　そんなのは！」

机を叩いた。破裂音がこだました。

その音だって、俺の怒りよりはずいぶんと小さい。

「俺がどんっだけ時間かけてあいつを育ててきたか。現場のことはなんっも知らねえくせに、何がお前、ヒアリングだよ。証拠もねえくせに、一方的にこっちを犯罪者扱いするんじゃねえよ」

雨宮も、隣の女性社員も、急に俺から目を逸らし、机を見つめた。

「ですから、念のため事実を、確認して」

「いらねえよ、やってないっつってんだよ。終わりだよ、終わり。話すことなんてねえよ、そんなの」

もう一度机を叩いてから、背もたれに体を預けた。雨宮はわずかに俯き、頭を指で掻いている。辻は手元の手帳を見ているだけだし、雨宮の隣の女だけが、番犬みたいにじっと俺を睨んでいた。

こんな言いがかりで時間を潰されるなんて。あのホワイトボックスなんか、さっさとなくなってしまえばいい。

大袈裟に舌打ちすると、雨宮が軽く、頭を下げた。

「課長、ここは人事として、公平に声を聞かなければならないんです。どうか、ご協力、お願いします」

雨宮の頭がさらに下がっていく。つむじがこちらを向いた。

「土方さん」

部屋の奥から、辻の声もする。

「これは会社としても、重要な問題なんです。役員や本部長にも理解を得ていることですので、ご協力を、お願いします」

何が、ご協力だ。

俺は組んでいた足を解《ほど》くと、雨宮と向き合った。

「そんなに犯人にしたいなら、やってみればいいだろ。俺を犯罪者にしたけりゃ、そんだけの証拠を並べてみろってんだよ」

雨宮はもう一度頭を下げると、念のため録音しますと言って、テーブルの上にレコーダーを置いた。

「では、お願いします」

黙っていると、雨宮が台本を棒読みするように、抑揚のない声を出す。

「まず、長谷川さんが土方課長の部下として働くようになったのは、五年前の四月からです。しばらくは他の社員の方と同じように働いていましたが、配属されて二年が経った頃から、長谷川さんに任される仕事量は増えてゆき、課長と長谷川さんは、かなり密にコミュニケーションを取るようになったと聞いています。週に二度は必ずと言っていいほど飲みに行き、課長が会議などで席を外している間の業務については、その内容を細かく報告させていたと聞きました。これは、事実ですか？」

「どっちが？　週二の飲み？」

「はい、まずは、そちらで」

「覚えてないよそんなの。得意先帰りに飲みに行くとか、営業なら当たり前にするだろ」

「週に、二度、ですか？」

「二度か三度かなんて覚えてないよ。いちいち記録しないだろ、そんなこと」

「感覚でも、結構です。週一よりは、多いでしょうか？」

「知らねえよ。俺の若い頃は、週五で連れ回されてたよ」

「ありがとうございます。ちなみに、二人きりで行っていたとしても、頻度としては妥当と思われますか？」

「あ？　それが何だよ。まさかそれがハラスメントだって言ってんのか？」

「いえ、ではなくてですね」

「じゃあ関係ねえだろうが」

こいつは何が言いたいのだろうか。ボロが出るまで、俺を尋問するつもりか。

「俺は今まで、女の部下を持っても一度もセクハラとかしたことねえよ。営業の全員に聞いてみ？　胸揉まれたとか、レイプされたとか、誰も言わねえだろうから。でもな、男女平等なんだから、見込みがあるやつを育てるためには本気になるよ。そしたら、飲みの付き合いも自然と増える。そうやって俺も育てられてきたし、俺たち営業は、いつの時代もそうして体張って、ここまで会社を支えてきてんだよ」

わかるか？　と聞きながら、どうして俺は現場のことなんか何も知らない人事部にこんなことまで教えなきゃいけないのか、不可解でならなかった。部屋の入口近くにいる辻は、俺の話なんてまるで聞いていないように手に持っている手帳の中身を見つめていた。

「課長の不在時には、仕事内容を一時間単位で報告させていた、というのは本当ですか？」

雨宮が資料をめくりながら聞いてくる。事前に用意した質問がその資料に書いてあるのだとしたら、明日までかかるような量に思えた。

「そんな厳密じゃねえよ」

「そうでしたか」

「あいつが成績伸ばしたいって言うからこっちがわざわざ時間割いて、細かく面倒見てやったって話だよ。面倒だし手間になることを、部下のためを思ってわざわざやってんの。わかんねえかな、こういうこと」

人事部長の辻を見る。こいつはどんな育成方針で、この雨宮や、隣の女を育てているのか。愛嬌のない生意気な女も、意志が弱くて女々しい男も、そのまま放置しているんだから後輩教育に興味はないのかもしれない。

「部下の方たちの中では、長谷川さんと飲みに行くことが一番多かったですか？」

「また飲みの話？　わかんないって言ってんだよ。覚えてねえよ」

「一番多く飲んだかどうかは、記憶にない、ということですね」

「いちいち誰と飲んだとか、誰が一番多かったとか、覚えてないだろ普通。教えたいことが増えたら飲みに行くことも増えるだろ？　それに毎日毎日、こうやって社内にも社外にも気を遣って、何回も会議に駆り出されて、こっちはストレスも溜まるし、飲みながらじゃないと言えないことだっていくらでも出てくるんだよ、そんなのは」

この質疑応答の応酬に、何の意味がある？　目の前に置かれたボイスレコーダーが赤く光っていて、俺の発言が一つひとつ監視されていることだけは明らかだった。

「続いて、四月二十八日のことを教えてください」

「誰かの誕生日かよ。二カ月も前のことなんて、覚えてねえよ」

鼻で笑ってみる。が、人事部のやつらは変わらず無表情を貫いている。

「思い出していただきたいです。この日、長谷川さんは連休前の繁忙につき、遅くまで残業をしていて、土方課長からの飲みのお誘いを、断ったそうです。覚えていますか？」

「あいつが残業なんてほぼ毎日だったし、そんな日もあるだろ」

ただ、連休前と言われると、あの夜を思い出す。

長谷川が、俺を裏切った日だ。

「長谷川さんは残業のあと、同期に誘われて、そちらの飲み会に合流したそうです。土方課長もその店に居合わせており、長谷川さんだけでなく、その場にいた全員を激しく叱責した、と聞いています」

「叱責？　なんだそれ」

「自覚はございますか？」

「あるわけないだろ。叱責なんかしてない。指導をしただけ。以上」

できるだけ怒りを殺して、言った。煙草が吸いたかった。次の質問を待っていると、雨宮がポケットからスマートフォンを取り出した。携帯なんか見んなよと注意したが、無視されたまま、テーブルの上にそれが置かれた。

「四月二十八日の出来事について、録音をしていた方がいました」

「はあ？」

「故意ではなく、たまたまカメラが回しっぱなしになっていたものだそうです。ここで、聞いていただけますか？」

「誰だ、そんなことしたやつ」

あの場にいた誰かが、その動画を人事に送ったってことか。長谷川の同期ってことだけは確かだが、思い出そうとしても顔が出てこなかった。

雨宮がスマートフォンの画面に触れる。ひどい雑音にまじって、声がした。

俺の声だ。


——お前ら、うちの社員か？　何してんだ、お前。

——すみません。

——すみませんじゃなくて。何してんだって聞いてんだけど。

——……。

——何か言えよ。

——すみません。

——すみませんじゃねえだろ！

——あの、よかったら課長も、どうですか、一緒に。

——ああ？

——いや、お話聞きたいなー、って。なあ？

——ふざけんなよ、お前ら。連休控えた月末にのんびりと酒なんて飲んで、コンパみたいなことしやがって。お前もだ、長谷川。上司の誘いを断っておいて、同期と飲みだ？　ふっざけんじゃねえぞ。若《わけ》え男に媚びてる暇あったらな、上司や得意先に媚び売れや！　営業なら得意先と寝てでも仕事とってこい！　お前の武器なんてそんくらいしかねえんだからな、誠意見せろ、誠意！　仕事しねえ若いやつなんてな、なんの価値もねえんだよ！

——……。

——お前ら、長谷川と同期ってことは、八年目だな？　よくこんな集まってる余裕あるな？　俺はそのくらいの時期、群れてる余裕なんてこれっぽっちもなかったけどなあ。さぞ稼いでんだろ。じゃないとただの落ちこぼれの集まりでしかねえからな。そんなのはクズだよ。クズ。お前らみたいなやつらがいるから、若手が使えねえって言われてんだろうよ。こっちが一生懸命仕事しても、お前らみたいな金食い虫のお給料になっちまうんだからな。やってらんねえよ。なあ、お荷物だよ。お荷物。いいか、お荷物は人間じゃねえんだからな。さっさと郵送でもされて、実家に帰れ、馬鹿が。親が泣いてるだろうな。お前ら全員、息する権利もないクズ野郎だよ。


記憶になかった。

状況は覚えているが、俺の発言だけ、まったく別人のものに思えた。

俺は、こんなことを言っていたか？

雨宮がスマートフォンを再びタップして、音声を止める。

「全て、あの夜の内容で間違いありませんか？」

肺の間、体の真ん中に痛みが湧いてくる。真っ黒な何かが中心からじわじわと、体中に広がっていく。

「この日を境に、土方課長の長谷川さんへの態度は変わり、長谷川さんは主要な得意先を全て外されてしまったと聞いています。営業部門の会議資料を確認したところ、確かにその翌日から一社ずつ、長谷川さんの担当得意先が減っていました。この二カ月で、次々と担当を外され、現在は一社、それも、最も売上の小さな取引先のみとなっています」

録音された音声は確かに止まったはずだが、自分の声が、頭の中で反響し続けている。そのせいで、雨宮の話す内容が、うまく頭に入ってこない。

「これらは事実で、間違いありませんか」

「いや、お前、そんなの」

事実。

事実とはこの場合、何を指すんだ。何かを説明しようにも、あの音声データは間違いなく俺の声であって、その発言は、こうして聞き返してみれば、ハラスメントのそれなのだろうか。

だが、絶対に、俺だけが悪いはずがない。

「こんな切り取り方をしたら、そりゃあ、俺が悪いみたくなるけどよ。でも、元はといえば、そもそもあいつが嘘をついたことが問題じゃねえか。こっちが忙しいなか飲みに誘ったのに、体調不良だとか言っておいて、実は同期とワーキャー騒いでたんだぞ？　お前、そんな嘘つかれて、冷静でいられるやつなんているかよ？」

そうだ。俺は、被害者のはずだ。

「信頼してた部下に思いきり裏切られたんだから、傷ついたのはどう考えても、こっちだよ。それで、あれだろ？　加害者には、誰が何言ってもいいんだろ？　加害したんだからな？　だから、俺もあいつに言っただけだよ。別に、音声がどうとかよりもよ、あいつに原因があることを責めるべきだろ、そんなの」

言葉にするほど、悪いのは長谷川だと思えた。あいつが俺を裏切ったことが、最大の罪だ。だが、いくら話してみても、人事部の三人の表情はなお、変わらない。

この俺を、加害者だと決めつけるような目で見ていた。


それから、どのくらいの時間、俺は応接室から出られなかったのか。

長谷川から得意先を外したのは、どうしてか。

長谷川にそのことは事前に伝えていたのか。

長谷川への書類の戻しが遅くなったのはどうしてか。

長谷川の意見を会議で無視しているのか。

ずっと、尋問のような質疑が続いた。

喉が渇いて、頭痛が止《や》まなかった。外で煙草が吸いたかった。

最後の質問が終わると、雨宮は、軽く咳払いをして言った。

「まとめます。現在の長谷川さんへの処遇や業務内容、勤務中の扱いに対して、土方課長に悪意はなく、すべては課の全体の業務バランスの見直しおよび新人の育成を考えた結果、行っているものである。四月二十八日の細かな発言については覚えていないが、録音されたものは事実である。ということでよろしいですか」

よろしいわけがあるか。

俺は被害者である、と何度訴えても、こいつらはそれを記録しようともしないじゃないか。

耳の裏が熱く、いや、耳だけじゃない。ぼんやりと重たい熱が、全身を覆っている。

腕時計を見ると、二時間弱、ここに閉じ込められていた。

雨宮の隣の女性社員がテーブルの上に置かれたレコーダーに手を伸ばした。電源ボタンを押そうとしたところで、また、別の声がした。

「私からも一点、いいですか」

後ろに座っていた辻が、手を挙げてこちらを見ている。

「土方課長、ご協力いただき、ありがとうございました」

辻が小さく頭を下げる。相変わらず、幽霊みたいに存在感のない動きをする。

「普段から熱心に後輩指導に当たっているのだと、感心させられました」

犯罪者扱いしたうえに、心のこもっていない社交辞令まで並べて、心底気持ちが悪かった。

一番俺が苦手とするタイプは、辻みたいなやつかもしれない。

「課長ご自身の実績も調べたのですが、そちらもご立派でした。ただ、その中で少し、気になる項目もありまして」

辻が、ゆっくりとファイルを開いた。

「過去に複数名、土方課長の部下として働いて、自己都合で退職された方がいました。退職理由はさまざまですが、そのうち三名は、体調不良をきたし、療養のために退職をされていました。一人は女性、もう二人は男性です」

ずっと昔のことだった。もう名前すらうろ覚えになっている過去だ。

「その方たちのことを、いろいろと調べてみたのですが、三人とも、やはり優秀な方のようでした。土方課長は、人を育てるのがお上手なのでしょう。ただ、三人について少し話を聞いてみたところですね」

なんで今更、辞めたやつらの話が出てくる？　俺が散々面倒を見たのに、去っていったやつらが？

「三人とも、寝る間も惜しんで働いていたはずが、課長とのトラブルで仕事を減らされ、激しい叱責を受け、出勤もままならなくなり、退職せざるを得ない状況に追い込まれていた、という共通点があったようです」

過去が、襲いかかってくる。

あれだけ、手塩にかけて育てた部下が。自分の能力が及ばなかったからだと、本人も認めて辞めていったはずのやつらが。それが、今になって、何だってんだ。

「今回の件と、過去の三件、いずれも関連があるものではと私は思っています。その上で、土方課長の今日の発言をもとに、偏りのない、公平な判断ができるよう尽力することをお約束します」

人事部長が、頭を下げる。目の前の二人も、それに従った。

喉が痛くて、限界だった。早く、この場を去りたかった。

「俺は、あくまでも被害者で、ハラスメントなんかしてないですよ」

咳払いしてから言ったが、声は掠れた。

「ご意見は、確かに受け止めました」

「意見じゃなくて事実です」

念押ししても、辻は目を瞑《つむ》ったまま、ゆっくりと頷くだけだった。それ以上聞く気はない、と言っているように思えた。

「それで」

声は掠れたまま、話すほかなかった。

「もしも俺が、ハラスメントをしてるって結論付けられたら、処分はどうなるんです？」

人事部長は、まっすぐに俺を見た。元から決まっているように、迷いなく口を開いた。

「出勤停止や減給、降格、異動などでしょうか。最悪、解雇もあり得なくはないです」

最終的には役員の判断になりますので、私からは何とも言えませんが、と付け加えられたそれは、なんの気休めにもならない、ただの言葉の羅列にしか聞こえなかった。

十一．そして日常は落下する

「守くんがそんな風になるの、珍しいね」

床《ゆか》に伏せて目を瞑っていると、キッチンカウンターの向こうから翠さんの声がした。

十九時半。帰宅するなり、ジャケットも脱がずにリビングに寝転んだ。このまえ買ったばかりの灰色のラグの上にうつ伏せになると、その繊維を両手で撫でたり、摑んだりしてみる。毛並みの粗い動物に乗っている気がして、なんだか愉快な気持ちになってきていた。

もう三十分近く、そのままでいる。

「例の課長の面談だっけ？　大変だった？」

土日に作り置きしておいたロールキャベツの蒸した野菜の香りと、焼かれた肉の脂の匂い。それらが複雑に入り交じって、鼻に届く。なんだか生活そのものの匂いのようにも思う。

「完っ全に疲れ果てた」

ラグの上で寝返りをうって仰向けになる。内側に留まったままでいる緊張と興奮を、少しでも取り除こうと息を深く吐いてみる。それでも心はきつく絞られたまま、なかなか弛緩せず、現状を保とうとする。

頭の中では、つい数時間前の土方課長の様子が再生されている。

「なんか、ひとつ、やり遂げたって感じ？」

「全然。ラスボス一回倒したけど、まだゲームは続いてるって感じ」

「何それ」

お米が炊けたことを炊飯器がメロディで伝える。

翠さんはテーブルに食器を並べていて、その音が小さく響くたび、お前も家事をしろ、と言われている気がしてくる。

重たくなった体をゆっくり起こす。ソファ横のサイドテーブルに雑誌がいくつか積まれていて、上から三番目の、辞書のように分厚い結婚情報誌が目に入った。読んでおいてね、と付箋まで付けられたページをまだ読めていないことを思い出して、仕事とはまた違う疲労を思い出してしまった。

やっと一仕事片付けたのに、自宅にまでやらなきゃいけないことがあるなんて。

両家の顔合わせまであまり日がないのだと、翠さんは愚痴るように言っていた。着せたい着物があると翠さんのお母さんが張り切っているらしく、ラフな格好でいたいのに、とも嘆いていた。

でも、ウエディングドレスと披露宴の料理はしっかり迷いたいから試着や試食には必ず付き合ってほしいとか、そんなふうに言われた覚えもある。

披露宴なんて仰々しいこと、やらなくてもいいのに。

分厚い結婚情報誌を睨むように見つめる。この厚さが、結婚や挙式に対する心理的な重さをそのまま表しているような気がしてならない。

僕らはもっと身軽なまま、気ままにパートナーになることはできないのだろうか。

不思議と苛立ちが湧いてきて、あの付箋のページを読むのはまた今度にしようと、結婚情報誌から目を逸らした。

テーブルを眺めて、夕飯に足りないものを確認する。

飲み物と、箸と、小皿。翠さんの脇を通って、冷蔵庫を開けた。

「翠さん、何飲む?」「んん、ビールかな」「オッケー」

冷蔵庫から缶ビールを取り出すと、残り二缶でなくなることを確認する。明日の帰りに買ってくることを頭に入れながら、小皿と箸も取り出して、テーブルに向かう。翠さんもほぼ同じタイミングで、白米を運んでくる。席に着くと、すぐにビールのタブを開けた。わずかに溢れた白い泡が渇いた喉を誘惑してくる。

「じゃ、お疲れさまでした」

「はい、お疲れさま」

缶に直接口をつけると、角度をつけてビールを流し込む。

今日発した自分の言葉、誰かを傷つけた言葉まで、全部流し込めて綺麗にできたらいいのにね、と少し前に翠さんが言っていたのを、なぜかふいに思い出した。

「で、その課長さん、どうなるの?」

ロールキャベツを小皿に寄せながら、翠さんが僕に尋ねた。

「わかんない。でも、パワハラ発言をたまたま録音できちゃってて。それを再生した途端にその課長の顔が真っ青になってさ。証拠として完璧だったし、たぶん、それなりに重い処分になると思う」

「そっか」

人が、自分の罪を認める瞬間の顔。それを初めて見た。そこからずっと、こうして食事をしている今でも、動悸《どうき》がするような、興奮状態にあると自分でもわかる。

「ちゃんと、反省するといいね」

ビールばかりが、やけに進む。翠さんの箸の動きを見ながら、頭の中では、土方課長の顔ばかりが浮かぶ。

「証拠があってよかった。セクハラとかパワハラって、大抵は否認するでしょ？　今回もまさにで、最初はその課長、自覚すらなかったから」

「そうなんだ」

「うん。俺がやってるわけねえ、ってずっと言ってた」

「はー」

翠さんから大皿を受け取ると、僕もロールキャベツを自分の小皿に載せた。残った出汁《だし》をそれぞれの皿に移すと、空いた大皿の上に浮いた油が、きらきらと反射する。

「それでしばらくは、覚えてない、の一点張りで。なんか、覚えてないって言い方、ずるいなあ、便利だなあって思ってた」

ロールキャベツに箸を入れて、中身を割る。土方課長の「ハラスメントなんかしていない」と言い切っていたときの態度の大きさが、今では少し、滑稽に思えてくる。

「覚えてないって言われたらさ、その場ではこれ以上、追及できないんだよね。被害に遭ったほうからしたらとんでもないことなのに、してるほうは〈そんなこと〉程度になっちゃうわけで」

その、加害者と被害者の非対称な関係性が、強く印象に残っている。多くの加害に対して、被害者は一生痛みを抱えるかもしれないのに、加害者はそれを一生かけて償うことはなかなかしないのだ。

土方課長もまた、自分のことしか考えていない人だった。被害者である長谷川さんにはこれからも長いフォローが必要になるわけで、やっぱり加害者よりも被害者の方が、引き摺《ず》るものも多い。

ナムルを少し載せて、白米を口に運ぶ。翠さんの箸から、ロールキャベツがこぼれ落ちそうになっている。ぶら下がったキャベツを見ながら、土方課長が僕にぶつけてきた言葉まで思い出す。

「覚えてないって言うけどさ、ひどい言葉を浴びせてるときの感覚とかさ、ふつう、覚えてるもんじゃないのかね。こう、誰かを蔑《さげす》んで、気持ち良くなるみたいなさ。それとも、もっと無意識なのかな。偶然、虫を踏んじゃったくらいの感じっていうか」

ロールキャベツを持ち上げると、肉汁がぼたぼたと垂れて、小皿とテーブルに落ちた。慌ててティッシュを引き抜いてテーブルを拭いていると、翠さんの口から、虫かあ、と小さな声が聞こえた。

そこでようやく、さっきから翠さんが、僕と一度も目を合わせていないことに気が付いた。

「まあ、守くんもね」

「ん？」

小さくなったであろうロールキャベツを飲み込む音まで、こちらに聞こえてきそうだ。翠さんは僕の目をゆっくりと見上げて、逃がさない、と忠告しているようにも思えた。

「守くんもだからねえ」

「え、ごめん、なにが？」

キッチンの換気扇の音だけが、外に嵐が来たように響く。

「覚えてないの？」

「えっと、なにを？」

「いや、なにを、じゃなくて」

翠さんがビールで唇を濡らした。

数秒間、僕を見たまま黙って、それからゆっくりと口を開いた。

「守くんも、自分の加害についてはそんな感じなの？」

十二．NR

どんな顔をして、歩けばいいもんか。

飲みすぎたせいで、視界が激しく揺れていた。気を抜けばすぐにでも、そのへんで眠りこけてしまいそうだった。

行きにこのあたりを通ったときは、静かで、道も広く感じた。その飲み屋街が、今はやけに五月蠅《うるさ》く、狭く見える。

俺をカモにしようとしてるのか、さっきから若いガキが、しきりに話しかけてくる。

もう一軒、寄ってやろうか。

いっそ、記憶が飛ぶほど飲んだら、スッキリするかもしれない。

この胸糞悪い気持ちを忘れられるなら、それもいいと思った。


——長谷川さんは、今日と明日の二日間、自宅待機となりました。営業本部長の許可も得ています。この面談後、土方課長が彼女を呼び出したり、連絡を取ったり、直接会って話したりすることはお控えください。同様に、他の方への口外も、ご遠慮ください。復讐目的のセカンド・ハラスメントとみなされる可能性もあり、課長のハラスメントの疑いを、より強めることになります。

今朝、面談を終えて応接室から出ようとしたところで、人事部長の辻が言った。

本部長までこの件を知っていて、許可まで出したというなら、それはもうほぼ全員が俺を加害者と思っている、ということに違いなさそうだった。

デスクに戻ったものの、部下たちからやけに視線を感じた。部下だけじゃない。フロア全体が俺を見ている気がして、その舐《な》めるような視線があまりに不快だった。

たまらず鞄とジャケットを手に取った。行き先掲示板に向かうと、「NR」と大きく書いて、そのままフロアを足早に飛び出す。

ノー・リターン。

自分で書いておいて、皮肉に思えた。書き直すか悩んだが、もう遅いと諦めて、オフィスの出口まで足を進めた。

行く当てもないが、誰もいない家に帰る気もしなかった。自宅は、荒れに荒れ、だが今は、片付ける気力も湧かなかった。

とりあえず、駅へと向かいながら、今後のことを考えることにした。

どうにか、誤解を解く方法はないものだろうか。このままいけば懲戒処分を下されるに決まっている。そうなる前に、長谷川と和解しなければならない。

俺と長谷川の関係を思えば、わざわざ人事なんか介さずとも、二人で話し合えばそれで穏便に解決できるはずなのだ。

だから、まずは、長谷川に会おう。

それで、長谷川から人事に話してもらえばいい。

そうすれば人事も黙るだろうし、俺も長谷川も、誰にも迷惑かけずにこれまでどおり働ける。

接触禁止と言われたが、ことを穏便に進めるなら、直接話した方が早いのは明らかだ。

駅のホームに着くと、すぐに長谷川にＬＩＮＥを打った。


――人事から聞きました。

いろいろと、誤解があるようです。

私と長谷川には、今日まで築き上げてきた、関係がある。

二人で、ここまで頑張ってきたから、やってこれた。そうじゃないですか？

長谷川と、もっと高みを目指せると思っています。

可能であれば、直接話をしたい。

今夜でも、どうでしょうか。二人で話しましょう。


連絡が取れたときにすぐに会える場所にいた方がいいと思い、長谷川の最寄り駅からほど近い飲み屋街に向かった。一本のアーケードに無数の飲食店が入っているが、街自体が夕方過ぎにならないと目を覚まさない。若い頃はよく接待や合コン目的で通っていたが、テナントの入れ替わりが激しく、一画は自分の知らない看板ばかりになっていた。

木製の古いテーブルを路上にまで広げた町中華を見つけて、そこで時間を潰すことに決めた。

暖簾《のれん》をくぐり、店内を覗くと、床がアスファルトのまま続いている。デカい露店みたいな造りで、客の大半が俺より年上のおっさんか爺さんだが、フリーターみたいなガキのグループもいた。スーツ姿でいるのは俺だけだった。

紹興酒と水餃子を頼むと、中国人だかベトナム人だかわからない女性店員が、ドン、と音を立てて、目の前に紹興酒の瓶を置いた。

餃子が来るまで待ってから、グラスに注いで一息で飲んだ。

香りが広がったかと思えば、喉の奥でカッと熱くなる。

美味かった。酔いすぎてしまうと長谷川とも話ができないと思い、二杯口にしてから、水を頼んで、体内で薄めた。

水餃子もすぐにたいらげると、気分がよくなってきた。

ほかにもなにか食べようかとメニューを持ったところで、長谷川から、ようやく返事があった。

——直接のやりとりは避けるように、人事部から言われています。

以後の連絡は全て、人事部を経由させていただきます。

理解に、時間がかかった。

しばらく内容を反芻《はんすう》すると、拳を、思い切りテーブルに振り下ろした。

激しい音がして、その後、店が静かになる。手に、鈍い痛みが走った。

この、馬鹿野郎。

恩を仇で返すどころか、俺の人生を、無茶苦茶にしようとしやがって。

すぐに返事を打った。一文字目を打ち出すと、もう指は止まらなくなった。


――ハッキリ言って、失望しました。

貴女にとって、私との関係はその程度のものだった、ということですね。

もう五年も一緒に働いてきましたが、長谷川には本当に多くの時間を割いてきたと自負しています。

誰のおかげで、MVPや、本部トップの成績を取れたのでしょうか。

恩を仇で返すような人間には、なって欲しくありません。

部下の間違いも背負うのが上司の仕事ですが、貴女がこれ以降、人事部の指示に従うと言うのなら、私にも考えがあります。

たとえ今回の件で、私が貴女の上司ではなくなったとしても、貴女が営業部門でこれまでのような活躍ができるとは思わない方がいい。

よくよく考えた上で、行動してください。


送信ボタンをタップすると、テーブルの下で、何度か地面を強く蹴った。

紹興酒をグラスいっぱいに注いで、一気に飲み干す。もう一度注いで、また半分ほど飲む。

いくら飲んでも怒りは収まらず、その間も、長谷川から返事がないか確認したが、なんの反応もなかった。

繰り返し、電話をかけた。

三十回近くかけたが、それでもＬＩＮＥに既読がつくことはなかった。

なにが、人事部だ。被害者はこっちだって言ってんのに、すぐパワハラだセクハラだと騒ぎ立てやがって。あんな部署と手を組む長谷川は、その程度の人間だったってことだ。

人事は現場のことなんか何ひとつ分かっちゃいない。結局、俺がこれまで、どれだけこの会社に尽くしてきたことか。家にもろくに帰らねえで、朝まで働いて。誰よりも多く数字を作ってきたのに、あいつら人事部はホワイトボックスだかなんだか使って、身を粉にして働く人間を切り捨ててくだけだ。

そんな部署と、組むだと？

弱い者苛めをしてんのは、お前らじゃねえか。

俺は長谷川から連絡が来るまで、飲み続けて待つと決めた。

すぐに紹興酒の瓶を一本空けた。二本目を頼んで、そこからまたグラスいっぱいに紹興酒を注ぐと、ゆっくりと、視界が回った。急な尿意に襲われ、トイレに行こうと席を立ってみると、膝への力の入れ方がわからず、隣のテーブルに体ごと突っ込んだ。

店員が、何か言っている。周りで騒いでいたやつらも、全員、俺を見ている。

見せもんじゃねえぞ。

呂律《ろれつ》がまわらなかった。

椅子につかまりながら、起き上がる。こんな場所にいてはいけない。

なんとか会計をして、外に出た。

それから、どのくらい歩いたか。全てがおぼつかなかった。

少し酔いを覚ました方がいいことは確かだった。

それにしても、五月蠅い街だ。だがその声も、電話のベルみたいに、どこか遠くで鳴ってるみたいだ。

電話。電話……？

そういえば、店を出てから、携帯を見ていない。

道の端に寄って、鞄を漁《あさ》ってみる。が、そこにもない。ジャケットやズボンのポケットにも、入っていない。

店に、置いてきたか。いや、あの時、どうした。

投げたな。

そんな気がしてきた。長谷川のＬＩＮＥがあまりに癇《かん》に障るから、転んだ後、酔いに任せて投げた。それを、床から、取り忘れたか。

あれは社用携帯だから、まずい。失くしたら、また人事にどやされる。

めんどくせえ。全部、めんどくせえな。

足が重たい。だが、頭はハッキリしている。町中華屋に戻るんだ。視界がずっと揺れている。

携帯を、取りに行く。周りを歩く奴らの声が、外国語みたく聞こえる。人事部と、長谷川が、俺をハメようとしている。飲みすぎたな。何杯飲んだろう。糞め。俺は、悪くない。俺が捨てられようとしてるんだ。裏切ったのは長谷川だし、美貴子だ。美貴子。何が、離婚だ。どうして俺の電話に出ない。パワハラだと。ふざけやがって。携帯。携帯を探していた。俺が何をした。町中華屋はどっちだ。足が温かい。ズボンが濡れている。小便。かもしれない。ああ。携帯。糞。生きづれえのは、こっちだ。何がパワハラだ。あの野郎。離婚とか。町中華の、店が。お前ら、急に善人面して。糞。ついこの間まで、一緒に笑ってただろうが。俺は、被害者で、勝手に変わっていったのは、お前らで。俺は、もっと、頼られてたんだ。会社に、家族に、ずっと貢献してたのに。出世して、家を。それで、美貴子や紗良が、庭で。俺が。会社も、認めていて。出世して、見返したくて。全部、糞だ。糞。

俺だけが、被害者に決まってる。

十三．　未調理の過去が並ぶ食卓

「本当に、なんにも覚えてない？」

テーブルの向かいで、翠さんが僕を見つめる。その声に、もう出会った頃のような心の高鳴りを抱くことはない。

翠さんとの出会いは、桜が例年よりも遅れて満開を迎えたばかりの、大学一年の春のことだった。まだキャンパスの全体像すら把握できなくて迷子のようだった僕に、話しかけてくれた人がいた。

新歓シーズンも終盤で、彼女からすれば、相手が新入生であれば誰でもよかったのだろう。でも、僕にとっては、その声と笑顔は、運命を錯覚するに十分すぎる魅力を持っていた。この人がいい、この人と一緒にいたいと、本能的な直感が告げるのを無視できなかった。

浅はかな思いで、その人に勧誘されたハイキングサークルに入った。当時、彼女は大学四年生で、同じサークルの誰より慕われていた。楽しそうな笑い声に人は集まり、花が咲いたような笑顔に人は癒された。子供みたくはしゃいだり、妖艶にすら思える哀愁を覗かせたり、男子も圧倒するほどの運動神経を発揮したり、他人の悲しみに本気で涙したり。そういった、人間的な魅力が、彼女の引力の源だった。こんな人と付き合えたらいいなと、僕もほかの男子と同様に、憧れの存在として、翠さんを見ていた。

そんな翠さんが本当に僕の恋人になってくれたのは、僕が大学三年、翠さんが社会人二年目になる春のことだった。好きな気持ちはそのままに、何度も何度も告白を続け、呼び出されたらすぐに駆けつける便利な後輩として使われていた僕は、その執着を認められて、とうとうその日、彼氏になれた。ルックスもセンスも彼女にはふさわしくない、けれど好きという気持ちの大きさだけは誰にも負けなかった僕は、当時の彼女にとって「ちょうどいい人」だったのだと思う。

あれから、六年。

日々は過去をつくり、そのどれもが愉快で楽しかった。当然、喧嘩をした日もあるけれど、どれも振り返れば些細なものであって、たとえば僕が土方課長のような加害を翠さんにしたことなんて、一度もない。

一度もないはずだ。

そのことを自分に確かめてから、改めて、目の前にいる翠さんを見る。

慣れたのか、冷めたのか、少しずつ時計の針がずれていくように、僕らもまた、体の関係をなくし、お互いを理解しきったフリをして、日々を過ごしている。もしかしたらとっくに解けてしまったのかもしれない魔法を、結婚という儀式によってさらに強く、まるで呪い合うように、繋ぎ止めようとしている。

乾いたロールキャベツの残骸が、お皿の端で恨めしそうにこちらを見ている。

思い出す？　何を？　出会ってからの八年間を。

僕は翠さんに、何をした？

「私、守くんが変わったのって、つい最近のことだと思っててね」

ぽつり、と、翠さんは視線を食卓に落として、話し始める。

「男の人が下駄履いてる世界だってわかって、女性は支配する対象じゃないって気付いて、それを守くんが自覚できる範囲で配慮するようになったのって、本当にここ二、三年とかの話じゃない？　それこそ、新しい部長がきてからでしょ？」

翠さんは、手に持っている箸を何度か閉じたり開いたりして、それをテーブルに置いたあと、何かに迷うように続ける。

「でも、たとえばだけど。昔の話してごめんね？　掘り返したいわけじゃないんだけど。守くんの内定祝いでさ、二人で旅行に行ったときのこと、覚えてる？」

「もちろん」

僕はすぐに頷く。忘れるわけがない。

翠さんがレンタカーを出して、温泉旅行に連れて行ってくれたこと。

僕がもう一度ゆっくり頷くと、翠さんは不安そうな顔で、僕を見つめた。

「じゃあ、そのとき、私が生理になってて。守くん、そのことを伝えたとき、なんて言ったかわかる？」

突然、座っていた椅子がそこからなくなるような、突発的な恐怖が頭をよぎった。ずっと塞いでいたはずの蓋《ふた》が何かの衝撃で外れるように、過去が、記憶の底から這い出ようとしている。

あのとき、僕は、なんて言った？

「〝前からわかってたんだから、ピルでも飲んで遅らせたり、早めたりすればよかったじゃん。生理なんてコントロールできるんだから、大事な旅行の時くらい、楽しめるようにしてよ、彼女なんだから〟とか、だよ」

鈍器をゆっくりとぶつけられたような、重たい衝撃が襲った。整っていたはずの頭の中は一瞬にして散らばり、深く思考する隙間もない。

「もう忘れちゃってたかもしれないけど、私はしっかり、覚えてるよ」

「え、ごめん待って。え……？」

感覚として、確かに覚えている。でも、肝心のその台詞は、言ったか？　僕は、そんなひどいことを言った？

「今思えば、すごいモラハラ発言だよね」

翠さんが、弱々しくもどこか悔しそうに言った。僕は笑いたくないのに、笑う場面じゃないこともわかっているのに、なぜか勝手に口角の筋肉を上げてしまう。冗談混じりになにか言って逃げてしまおうと、思考より早く、体が動いてしまう。

翠さんは、そんな僕を逃さぬよう、じっと目で射抜いた。

「ほんとに〈覚えてない〉って言おうとしてる？」

「いや、そうじゃないんだけど。でも」

ヘラヘラと笑いそうな僕を、諦めたような眼差しで見ている。翠さんは、さらに過去へ潜った。

「じゃあ、守くんの誕生日に、私がインフルにかかったときのことは？」

「え？」

記憶を辿る。見つけだす前に翠さんの口が開く。

「〃好きな人の誕生日なんだから、いくらインフルといっても顔くらいは見せるでしょ。プレゼントを渡しに行くくらい、するのが普通だと思うけど〃って」

「いや、それは」

確かに、言った気がする。でもそれは、自分ならそうできる。愛情の大きさは行動で表せると信じていたからで。自分なら這ってでも会いに行くのに、翠さんは来てくれないんだと、僻《ひが》んだだけの話であって。

「言ったよね……？」

「確かに、言った」

「じゃあ、バレンタインのやつは？」

「待って」

記憶のスイッチが、一つひとつ、静かに押されていくようだった。気遣えなかった傍若無人な僕の発言の数々が、VTRのように目の前で、淡々と翠さんから吐き出されていた。

「〃チョコは手作りじゃなきゃ愛情を感じられない〃だったかな。笑って言ってはいたけど、それでも、私には、刺さったよ」

翠さんはビールの缶を口元まで持ち上げた。

「こっちは会社員なりたてで死ぬほど働いてるのに、あー、この人は、全ての女子がお菓子を作れると思ってるんだろうなあって、なんか、すごい、悲しくなったんだよ、あのとき」

前髪を持ち上げながら言った。その仕草は、本当に怒っているときしか見せないと、僕は知っている。

「ごめん。翠さんごめん」

一つひとつ思い出してみると、旅行のときのことも、翠さんがインフルエンザにかかったときのことも、バレンタインのことも、記憶として、確かにそこにあった。忘れていたわけじゃない。ずっと自分はそういう人間で、その自分から変わりたくて、変わる必要があると思って、今まで生きてきただけなのだ。僕はあのとき、あの頃、ひどい恋人で、ひどい男で、ひどい人間だった。

「もちろん、空気を読めずに記念日に体調崩したりするの、申し訳なかったなって今でも思うし、もうちょっと何かしてあげられたこともあったんだろうなって思うんだけど。でも、当時の私ってどうしてあそこまで守くんの言いなりになってたんだろうね。今ではちょっと不思議なくらいで。……嫌われたくなかったんだろうね、守くんに」

翠さんはそこまで言うと、缶ビールをテーブルの上に置いた。

「同棲しようって思ったのも、守くんが変わろうとしてくれてるって思えたからだし、結婚したいって思ったのも、なんか冗談言い合えたり、一緒にいる時間が純粋に楽しいからなんだけどね」

情けをかけるように足された一言も、心を安らげてくれるようなものではなかった。

「あと、新歓キャンプも、やばかった」

「え？」

翠さんは、今にも泣き出しそうな顔なのに、口元だけは笑みを浮かべていて、過去の悲しみを慰めるように、静かに話し始めた。

「新歓キャンプ。サークルのやつね。そこで守くんたちが一女にしたこと。覚えてるよね？」

一女。イチジョ。同期の女子に、僕たちがしたこと。

「やっぱり、あれも、〈覚えてない〉なの？」

新歓キャンプの夜。同期だった一年の女子が、泣いていた。それを近くで笑っている僕もいた。ほかの男子も、一緒に笑っていた。

どうして、そうなった？

「いや、覚えてる。それは、覚えてる」

思い出せそうで、でも、靄《もや》がかかったように不鮮明で、具体的な映像が浮かばない。

逃げて、逃げて、なかったことにしようとした記憶。

散らかった頭の中で、静かに過去だけが存在感を強めていく。

新歓キャンプの、最後の夜だった。

飲み会が始まってしばらく経ち、ロッジの中で、男子と女子が少し離れた位置で輪を作って飲んでいた。ロッジはサークルで複数棟借りていて、そのうちの一棟が、女子の棟だった。飲み会は男子のロッジで開かれた。徐々にいくつかのグループに分かれて、外ではしゃぐ奴らもいて。僕もなんとなく、夜風が気持ちよかったから、飲み物を片手に、外にいた。

それで？　それから、どうした？

――ゲームしようぜ。一発芸やって、一番つまらなかったやつが女子の部屋からなんか持ってくる。

三年の先輩が、そう言った。それで、僕の隣の一年が一番つまらないってことになって、お前ら、連帯責任だって、巻き添えを食らったのは僕も含めた、同期の男子四人。

四人で、女子のロッジに忍び込んだ。

女子は全員、飲み部屋がある男子の棟にいたから、ロッジには誰もいなくて。それで、どうした？　先輩の鞄を持っていくわけにはいかないからと、一年の鞄を選んだ。それを持って、外に持ち出した。そこから、それから？

ベコ、と音がして、前を向く。翠さんが、空になった缶を軽く潰した。

「一年の男子。名前忘れたけど。そいつが全裸で飲み部屋に入ってきて、その一年の女子の下着、頭に被ってて。本人の目の前で散々暴れて、踊って。それを止めるどころか、男子全員がゲラゲラ笑って。四女《よんじょ》全員で止めて。一年の子、本当に大泣きして。それでも男子が笑い続けてて」

そうだ。

「覚えてる」

「今考えてもさ、あれは、本っ当に最低だった。最低っていうか、完全に性加害だよ。嘘か夢だったんじゃないかって思いたいけど、現実だよ。現実に起きた出来事で、それを全て背負ったまま、あの被害にあった子は、今もどこかで暮らしてるよ」

加害者の、忘却。

被害者には傷として永遠に残る記憶を、僕はこうして掘り起こされるまでほとんど忘れて、平穏に暮らしていた。のうのうと生きてしまっていた。

実行犯の男子は確か、新歓キャンプを境に出禁になって、被害に遭った女子も、すぐに辞めて、他の同期も長くは続かず、一年は僕以外、ほとんどいなくなった。僕も、翠さんがいなかったら、きっと辞めていた。

最低だった。最低なスタートだった。

「言われるまで、ピンときてなかったでしょ……？　でも、あの子はきっと、ずっと忘れてないよ。八年経っても、十八年経っても、下手したら八十年経っても、忘れないし、忘れないどころか、どんどん傷は深く、濃くなってるかもしれないんだよ」

「ごめん、覚えてる。でも、あれは、僕が主犯では」

そう言いかけたところで、翠さんの目が鋭くなって、僕を睨んだ。

「荷物は運んだんでしょ？」

それは、間違いなかった。翠さんの質問に、黙って頷くほかなかった。

「じゃあ加害者だよ。超キモい加害者」

翠さんからそんな言葉を聞くのは、初めてかもしれなかった。それほど酷いことをしたのだと、今更思い知らされている。そして、自分の記憶が、どれだけ自分に都合よく改ざんされているのか、その事実に打ちのめされている最中《さなか》だった。

「止めずにみんなで笑ってた時点で、みんな加害者で、共犯者だよ」

翠さんの目に、涙が溜まっている。

「守くんも、その会社の課長と、なんにも変わんないんだよ。それを、さっきから棚に上げっぱなしでさ」

今日、僕は土方課長に、どんな顔を向けていた？　どんな顔をして、録音された音声を聞かせていた？

「守くんはさ」

ずっと低くなっていた声のトーンを戻すように、翠さんはゆっくりと話し始めた。

「今も、世の中の流れそのものみたいに、ネットで仕入れた情報そのままみたいな言い方で、ペットショップは良くないとか、ハラスメントがどうとか、薄っぺらく主張してる気がして、たまにそういうの、すごく怖くなるよ。表層的なものだけ掬《すく》い取って、大切なことは何ひとつわからないまま、動いてる気がする」

翠さんの両手で握られた空き缶が、ゆっくりと回っている。僕は、時計回りに動くその空き缶しか、見ていたくなかった。

「そんな人が、ハラスメントの窓口になってるのも、どこまで被害者に寄り添えるんだろうって、やっぱり怖く感じるよ」

「うん」

「その証拠に、守くんの口から、その課長の話は出てきても、被害者の女性の話は全然聞かないもん」

「いや」

「いやじゃなくて、そうだよ。一番傷ついていて、一番ケアしなきゃいけない被害者のことを、きっとどこかで軽視してる。今、この瞬間も、その被害女性は、不安で仕方ないはずだよ。告発したことで、自分の未来がどうなるんだろうって、心底心配してるはずだよ。その気持ちに心から寄り添っていたなら、きっとこの場でも、その人の話は出てるはずだよ」

目を閉じて、長谷川さんのことを考える。長谷川さんの心の傷は、土方課長の処分が決まったところで簡単に癒えるものじゃない。そんなことはわかっている。わかっているけれど、まずは、加害者を切り離さないと。

僕は僕で、正しい選択をしたはずで。

「人は変われるって私も信じたいけどさ。過去にあんなひどいことをした人が、まるで正義の象徴みたいな顔して人を裁くようなことをしてるの、私からしたら、やっぱりとんでもないって思っちゃうよ。だから、さっきの話もそうだね。その課長の言動よりも、私に向かって聖人君子みたいな顔している守くんの方が、私はよっぽど怖かった」

どうして。どうして「そんなつもりじゃない」と、面と向かって否定できないのだろう。翠さんの言っていることが、図星だから？　翠さんの言うとおり、僕は上澄みだけを掬って、流行りの音楽でも聴くように、ハラスメントを語っているだけなのか？

「人ってそんな簡単に変われないし、変わったからといって、オセロみたいにこれまで黒かったものが白に裏返ることもないよ。だから、守くんが今、必死に変わろうと努力していることは伝わるけど」

もう、何も聞きたくない。何も考えずに、いたかった。

「それでも、昔から善人でした、みたいな顔だけはしないでよ。私や誰かを、傷つけてきた過去まで、消そうとしないでよ」

「……ごめん」

大雪が降って音が届かなくなったみたいに、部屋には無音が溢れた。空っぽの空き缶が、くるくると、翠さんの手の中で回っていた。

「難しいよね、謝罪って。それだけじゃ、なんにも変わらないし。でも、ごめん、もう、自分でも何言ってるかわかんなくなってるけど、ああいう過去があることを、私は忘れないから。忘れないうえで、それでも変わろうと思っている守くんを、信じていたいって思ってるから。それだけ」

翠さんは両手で握った空き缶をもう一度回し始めて、いくつもつけられているへこんだ跡を、ひとつずつ撫でていった。

過去は捨てられない。拭えない。加害の過去がある自分には、その過去を棚に上げてまでして、声高に善や正義を叫ぶ権利もない。

それでも、みんなで声を上げていかないと、たぶん男は、この男性中心社会は、変われない。翠さんにとって、それが何よりも歯痒いだろうし、僕にとって、それが何よりも、自分の無力さを痛感させていた。

「翠さん、ごめんね」

空いたお皿を持って、翠さんがキッチンに向かった。

テーブルの上には、置き去りにされた空き缶が横たわっている。

部屋には、何の音楽も流れていない。

十四． 中年、娘に会いに行く

連日のように、嫌な夢を見る。

人事部の雨宮が警察官みたいな格好で、俺を檻越しに睨んでいたり、部下の長谷川が酒を煽《あお》りながら、俺に罵声をぶつけてきたり、妻の美貴子が遠くの歩道橋の上から、俺を指さして嘲笑ったりしていた。

それぞれが別の夢なのに、まるで一連の流れがあるように、全員が俺を見下していた。そしてどの夢でも、俺は、膝から下をばっさりと切断されており、田んぼに埋め込まれた稲苗のように、その場から動けずにいた。

見飽きた、と思っても、夢は繰り返された。これまでほとんど悪い夢なんて見なかったのに、なんだ。会社に行かなくなってから十日間、ほとんど、この調子だった。

非管理職への降格。異動、および勤務地変更。十五日間の出勤停止処分。

それが、俺に下された懲罰だった。

結局、本当の被害者は俺だという主張は無視され、俺にかけられたハラスメントの疑いは、そのほとんどが「事実」と結論付けられた。

懲戒理由には、被害者の仕事を不当な理由で奪ったことや、被害者の尊厳を傷つけるような発言が見られたことだけでなく、被害者への接触を禁止したにも拘《かかわ》らず連絡を取り、会おうとしたことも対象となった（同日、泥酔し、社用携帯を紛失させたことは、この件とは別問題として処理された）。

長谷川だけでなく、過去の部下三名の退職についても、ハラスメントが原因となった疑いが強いと判断され、処分を決める上の人間たちの心証を悪くした。

いずれも、顧問弁護士に相談したうえで慎重に処分を決めたのだと、辻と雨宮に何度も説明された。それが俺への優しさの意味で言っているのではないことはすぐにわかった。たとえ俺が労働組合や労基署に駆け込んだところで、処分が覆る可能性はほとんどないぞ、という脅しのようなものだった。

出勤停止は十五日間だったが、処分を言い渡されるまでの一週間も、自宅待機命令で会社には出られなかった。営業日にして約二十日、出社が許されない。そんなことは会社員人生の三十年のなかで、一度もなかった。

寝室を抜け出し、痛む腰を揉みながら、リビングに向かう。

部屋は、昨夜よりもさらに散らかって見えた。猛暑が続くせいか、生臭い匂いも鼻に届いた。庭に繋がる窓を開けて、換気を試みる。途中、もう七月に入ったというのに、ダイニングテーブルの横の壁にかけられていたカレンダーが四月から捲《めく》られていないことに気付いた。

美貴子がいなくなって、そんなに経つということだ。

どうせすぐに帰ってくるだろうと高《たか》を括《くく》っていたが、二カ月以上音沙汰ないことには、さすがに驚いた。俺の仕事がうまく回っている間は大して気にもしていなかったが、こうしてじっと家に閉じこもっていれば、嫌でもその不在と向き合わされる。

カレンダーを三枚破ると、色素の薄い空を背景に、堂々と聳《そび》え立つ八ヶ岳の山頂写真が現れた。

あれは、まだ三十にもなっていなかった頃か。美貴子と八ヶ岳に登ったことがあった。テレビを見ていたら特集が組まれていて、趣味でもない登山に二人で挑戦してみたくなったのだ。

あの時、すでに結婚はしていたが、まだ紗良は生まれていなかったか。

しばらくカレンダーを見つめていたが、それにも飽きて、テーブルに置きっぱなしにしていた携帯電話を手に取った。

メールの受信ボックスを開くと、二カ月前まで遡《さかのぼ》ってみる。

——離婚届に記入してくれるまで、家を出ます。

書き終えたら、連絡をください。

家からいなくなって、数日後。美貴子から届いたメールは、その一通だけだった。置き手紙すら残さず、何十回とかけた電話にも出ず、あいつは、どこかに姿を消した。

そんなに長く匿《かくま》ってくれる相手なんて、いただろうか？

あいつに友人はほとんどいないし、両親はとっくに死んでいる。頼れる伝手《つて》など、聞いたことがなかった。男ができたのかと一瞬頭をよぎるが、あんな歳のいった女を狙う男など、いるわけがないと思った。

となれば、やはり、娘である紗良のところだろうか。

美貴子が出ていった日から、たびたび連絡をしているが、相変わらず紗良からも返事はなかった。

二カ月以上経っているのだから、そろそろ、家出ごっこに飽きてもいいはずだ。

朝食を終えると、箪笥《たんす》の上に置いてあったポロシャツとスラックスに着替えて、台所に向かった。冷蔵庫の横に貼ってあった紗良の自宅住所のメモを手に取り、そのまま、家を出た。


電車の中には、若いカップルや、じいさんばあさんの姿が目立った。車両の端では小さなガキが立ったり座ったりつり革にぶら下がったりを繰り返していて、その横にいる母親は、スマホから目を離さずにいる。一度注意してやろうかと思ったが、ちょうど乗り換えがあり、そこからさらにもう一度乗り継いで、紗良の家の最寄り駅に着いた。

改札を出ると、ドーム球場のように丸くて高い硝子《ガラス》天井が上空を塞いでいた。北と南にはそれぞれファッションビルが二つずつ直結しているらしいが、駅構内の地図を見ても、自分の位置がさっぱりわからなかった。

うちの最寄り駅とは、まるで様子が違う。入籍する前に新居を見せてもらう予定はあったが、夫の鈴木が買ったというマンションに興味が持てず、仕事を理由に断ったのだった。

しかし、商業ビルに隣接している改札前の賑わいには驚いたが、少し歩いてみれば、辺りは物足りないくらい、平凡な住宅街だった。うちの近所にも、少し空気が似ている気がした。強いて違いを挙げるなら、一軒一軒の敷地がかなり大きいことか。塀も高いものが多く、試しに一軒、隙間から中を覗くと、広い庭が見えた。綺麗に手入れされた天然芝が青々と茂っており、自動式のスプリンクラーが、それらに水を撒《ま》いていた。

不意に、自宅の庭を思い出した。

うちの庭は、いつから手入れを諦めたのだろう?

天然芝は、昔、俺の憧れだった。小さくてもいいからと、わざわざ庭付きの物件を探したのに、今は雑草にまみれ、至る所で土が露出している。見窄《みすぼ》らしく、とても人に見せられるものではない。

塀の外から視線を上げてみると、屋根にはソーラーパネルが付いている。ギラギラと黒く輝いていて、所得を自慢げにアピールしているようで不愉快だった。

誰ともすれ違わない住宅街を過ぎて、三叉路《さんさろ》を曲がる。さらに直進した先に、整備された広い遊歩道があり、紗良の住むマンションはその道沿いにあった。

でかくて、威圧感があった。低層マンションなのだが、入口にはちょっとした遺跡みたいに大きな白い柱が四本あり、中に入ると大理石の床のロビーまであった。

奥まで進もうとしたが、自動ドアにはあたりまえのようにオートロックがかかっていた。

紗良の部屋番号は、いくつだったろうか?

住所が記載されたメモを確認しようと、スラックスのポケットに手を突っ込んだ。しかし、さっきまでそこにあったはずの紙切れの感触がしない。ほかのポケットも確認してみたが、財布と、携帯電話と、煙草と家の鍵しか出てこなかった。

どこかに、落としたのか。

オートロックを見つめる。部屋番号がいくつだったか、思い出すことができない。念のため郵便受けも見てみたが、このマンションの住民は、誰も名前を書いていなかった。自動ドアの傍《そば》に管理人室があるが、中は暗い。一応覗いてみたが、「本日、お休みをいただいております」と書かれた札が置いてあるだけだった。

せっかく来たのに、中には入れないのか。

舌打ちが漏れた。

紗良に、連絡してみるべきか。しかしここまで来ておいて、今更電話するのもなんだか間抜けに思える。

途方に暮れて、マンションから一度、外に出た。向かいの遊歩道のガードレールに寄りかかると、猛烈な日差しが襲ってくる。遊歩道にできた木陰の下で紗良を待ってもいいと思ったが、少し悩んだ挙句、結局、紗良の番号をタップした。

コール音が鳴っている間、マンションの外観を改めて観察してみる。オフィスか商業施設のように窓が大きく、堅牢なつくりをしている。

夫の鈴木は、何の仕事をしていると言ったか。結婚式で上司の顔まで見たのに、思い出せなかった。

コール音が続いた。やはり、紗良は電話に出ないつもりだろうか。

諦めて携帯をしまおうとしたところで、ようやく、娘の声が聞こえた。それも電話越しではなく、直接耳に、飛び込んだ。

「何してんの」

五メートルほど先に、紗良がいた。

「おお」

安心したが、紗良の少し後ろに、夫の鈴木の姿も見えた。紗良と鈴木は、それぞれの手に買い物袋をぶら下げていた。

「何してたんだ」

娘は右腕にぶら下がっているエコバッグを軽く持ち上げただけで、代わりに鈴木が「買い物です」と答えた。

「お義父さん、ご無沙汰しています。お元気そうですね」

黒髪を後ろに流した鈴木が、紗良の隣に並んで、軽く頭を下げた。シャツがはち切れそうなほど出ている腹も、胡散臭い黒縁メガネも、式の日から変わっていない。おまけに今日は無精髭まで生えている。

紗良は、こんな不潔そうな男のどこが好きなのか。おう、と返事をしたが、鈴木の笑顔は崩れず、そのまま突っ立っているので、どこか不気味だった。

「ちょっと、紗良借りるわ」

鈴木に声をかけたつもりだったが、紗良がすぐに苛立った表情を見せた。

「待って、なんでよ」

「なんだよ」

「勝手に来といて、借りるわじゃないでしょ。行かないよ」

「あ？　何言ってんだ。行くぞ、ほら」

「行かないって。勝手に決めないでよ」

どうして鈴木の前で、こんな醜い親子喧嘩を見せなきゃならないのか。

「いいから、黙って来い」

顎《あご》を使って指示を出すと、隣にいた鈴木が一瞬驚いた顔をする。紗良はうなだれるように首を曲げ、ごめんね、と鈴木に言った後、持っていたエコバッグをそのまま預けた。

「すぐ帰るから」

「いいえ、ごゆっくりだよ」

娘に向けられた笑顔もまた、不気味だった。こんなやつと一緒に暮らして、何が楽しいのだろうか。紗良を改めて問い詰めたくなった。

鈴木がマンションのエントランスに消えていくのを確認すると、紗良は途端に肩を落として、ふらふらと歩き出した。どこに行くのかと尋ねるが、俺などいないかのように無視され、もう一度聞くと「喫茶店」とだけ返事があった。

来た道とは反対方向に、五分ほど歩いた。住宅街からポツポツと飲食店などがまざるようになると、交差点の近くに、初見では見落としてしまいそうな、入口の小さな喫茶店があった。

中に入ると、音がなかった。ＢＧＭどころか、キッチンからの調理音や、客同士の会話さえ聞こえてこなかった。妙な緊張感があったが、古い椅子やテーブルはどこか懐かしく、雰囲気は洒落ていた。

「ご注文は」

木製の椅子が向かい合っている四名席に座ると、妻の美貴子より少し若いくらいの店員が、関心なさそうに尋ねてくる。

「アイス珈琲を」

「私、アイスティーで」

寂しくなった口元を、水を運んで湿らせる。客は俺たち以外におらず、あまりに静かだった。

店員がいなくなったのを見届けてから、紗良に尋ねた。

「美貴子、お前の家にいんだろ？」

紗良はラミネート加工されたメニュー表を手に取り、つまらなそうにそれを眺め始めた。

露骨に無視を決め込む姿勢に呆れるが、すぐにメニューを奪い取って、こちらを向かせた。

「なに？」

紗良は目尻を吊り上げ、俺を睨んでいる。

「美貴子は、お前んちにいるのかって聞いてんだよ」

「知らないって」

娘は大袈裟にため息をついたあと、今度はテーブルの端に立て掛けてあったケーキメニューを手に取った。

ため息をつきたいのは、こっちの方だ。

店員が注文したものを持ってくると、紗良はすぐにストローの包装を破って、アイスティーに突っ込んだ。

「なんか連絡があっただろ、美貴子から」

アイスティーを一口飲むと、また俺の声を無視して、携帯を取り出す。不貞腐れた顔をしたまま、目の前でいじり始めた。すかさずそれも奪い取り、強くテーブルに置いた。

「あんまりみっともない真似すんな。恥ずかしいぞ、いつまでも反抗期みたいな真似して。わざわざ親が来てるのに」

「頼んでない」

「あ？」

「来てくれなんて頼んでない」

睨んでくるその目が、誰かのものと似ている。二カ月前の美貴子だとわかると、尚更腹が立った。

「お前、結婚して、親への恩も忘れたか」

「はい？」

「鈴木に、親と縁を切れとか言われてんじゃないのか？　あいつと結婚したのが、間違いだったんじゃないか？」

背もたれに寄りかかる。硬い木の椅子が、腰にくる。

「出会い系なんかで出会った男と結婚するから、そんなことになんだよ」

追い討ちをかけるように言うと、ドン、と鈍い音が鳴り、紗良が握ったグラスの中のアイスティーが、床に溢れた。

「出会い系じゃないし、それ、全く関係ない」

「一緒だろ？　マッチングアプリだかなんだか知らんが、変な男に捕まって、今更後悔してんだろ」

「呆れた。結婚式まで終えたのに、まだ出会い方なんかに、不満持ってたんだ？」

「当たり前だろ。あんな恥ずかしい出会い方があるかよ。尻軽女みてえなことしやがって。親の面子《メンツ》を考えろってんだよ」

「何それ？　母さんも私も、自分の所有物だとでも思ってるわけ？」

紗良が背もたれに寄りかかったかと思うと、「ほんと、老害」と呟いた。

その一言で、一気に頭に血が上り、机を思いきり叩きそうになって、しかしタイミング悪く、チリンチリンとまた入口のベルが鳴った。ここが喫茶店だと、その音で思い出した。

「お前な」

「私もお母さんも、飽き飽きしてんだよ、その態度に。そのことに本人が全く気付いてないのがほんと笑っちゃうし、呆れる」

「何言ってんだ、お前」

意味がわからなかった。これまでも、確かに反抗的ではあったが、実の娘にここまで言われる筋合いはなかった。

「お前、大丈夫か。やっぱり頭イカれちまったか」

「そればっかじゃん。もう全部、自分の狭い想像力の範囲でしか物事考えられなくなっちゃってんでしょ？」

紗良はだらしなく背もたれに寄りかかりながら、「呆れるわほんと」と言った。

「もうちょっと、自分を客観的に見なよ。今、まわりがどんな目で自分のことを見ているのか、よく考えてみたほうがいいよ」

「お前が俺に説教できる立場にあんのか？　大した経験も積んでねえくせに、一丁前なこと言って」

「またそうやって、上から無理やり押し込んで、お母さんのことも、絶対に俺には逆らえない、だから連れ戻せる、とか思ってんでしょ？」

「ああ？」

今すぐにでも、引っ叩きたくなってくる。その気持ちを堪えて、奥歯をさらに、強く噛む。

「育ててくれたのはどこの誰か、言ってみろ」

「あなたに育ててもらった覚えはない」

娘は、目を逸らさずに言った。

「私はずっと、お母さんに育てられて、あなたから教わったことは一つもない。あったとしても、全ては反面教師としてなだけ。いっつも外面《そとづら》ばっかり気にして、私やお母さんに見向きもしなかったあなたからは、何も教わってない」

紗良の声が、震え始めた。震えた声もまた、美貴子にそっくりだった。

「じゃあ、お前、あの結婚式の手紙はなんだ？　俺たちに向けて、泣きながら読んでただろ。あれも全部、嘘か？　あ？」

娘は黙ったまま、俺を睨み続けている。

「そもそもあの式も、誰が金を出した？　あんな盛大にやれたのは、誰のおかげだ？　お前、ありがとうって、あの時言ったよな？」

「そうしないとメンツが立たないって言ったのはそっちでしょ？」

紗良が結婚指輪を触っている。幅があまりに細く、見窄《みすぼ》らしいからやめろと伝えたやつだ。

「向こうのご両親だって、今時そんなにお金をかけるべきじゃないって散々言ってたよ。あの式に、誰も賛成なんかしてない。お父さんが勝手に決めて、勝手に気持ち良くなってただけ。完全にオナニー。それに巻き込まれただけ。そんなこともわかん――」

「いい加減にしろ！」

テーブルを強く叩いた。手のひらが熱を持ち、痛みを伴い始めてから、自分がやったことに気付いた。喫茶店には張りつめた空気だけが残り、さらに大きな沈黙が上から覆い被さった。

紗良は一瞬、体を小さくさせたが、すぐに威嚇《いかく》するようにこちらを睨んだ。

「全部、自分の好きなようにやったのは、お父さんじゃん」

そう言うと、今度は急に泣き出しそうな顔になった。

「俺は、お前らのためを思ってやったんだぞ？　こっちだって、仕事で忙しいのに」

「嘘。あなたが私たちのためにしてくれたことなんて、ひとつもないよ。全部、自分の思い通りにさせたくて、お母さんと私を奴隷にするためにやったこと。ビール瓶割ってお母さんを脅したり、携帯の画面割って私に反抗させないようにしたり、そういうの。自分の思い通りに動く召使いを作りたくてやったこと、ばっかりじゃん」

紗良の涙が、ポロポロと流れていく。それを拭おうともせず、娘は俺を睨んだまま続けた。

「お母さんが友達と旅行にいくことも、近くの飲み会に参加することすらも、許さなかったんでしょ？　パートなんて恥ずかしいからやめろって、働くことも許さなかったんでしょ？　おばあちゃんの看護で疲れ果てて帰ってきたのに、夕飯に惣菜を買って帰ったら怒鳴ってご飯を捨てられたって話も聞いたよ。ねえ。そのおばあちゃんって、百歩譲って、お母さんのお母さんのことならまだわかるよ？　でも、あなたの、あなたのお母さんでしょ？　なんで自分のパートナーがそこまで頑張ってくれたのに、ありがとうの一言も出ないどころか、怒鳴り散らしてんの？　それはもう、お母さんを、奴隷や召使いと勘違いしてる証拠じゃん！」

紗良の声は次第に大きく、速くなっていった。周りの客からの目が、俺たちに集中していた。そして紗良は、俺があまり覚えていないことばかりを口にした。

「お母さんが出ていった理由、もっとたくさんあると思うよ。もうあなたは、人を思いやる気持ちなんてこれっぽっちも持ってないんだよ。最低な、最悪な生き物だよ。人の心がないんだもん。もう、そんなの、お母さんだって出ていくに決まってるじゃん」

紗良がぐずぐずと鼻を鳴らした。目を一瞬強く瞑《つむ》って、おおきな涙を落とした。そこから、しばらく沈黙が続いた。紗良が鼻水を啜《すす》る音以外、何も聞こえなかった。長い沈黙に、耳鳴りがした。

「美貴子には、会ったのか」

ようやく聞けたのは、紗良がおしぼりで頬を軽く拭った後だった。

紗良はゆっくりと、首を横に振った。

「私が入籍するって言ったとき、全部、話してくれたよ。これまでずっと、辛かったことも、耐えていたことも。耐えることが当たり前だと思っていたけど、本当は違うんだって気付けたことも。それで、私に、ごめんねって謝ったんだよ。私、どうしてお母さんが謝らなきゃいけなかったのか、全然理解できなくて、二人でずっと泣いたよ、その日は」

本当に、そんな前から、離婚を考えていたっていうのか。

「全部、悪いのはお父さんなのに、守ってくれてたのはお母さんだったのに、私もお母さんを守らなきゃいけなかったのに、そのお母さんが、私にごめんんって何度も言ったの。わかる？この気持ち。もう、本当に許せなかった。私は、もうあなたを絶対に許さないって決めたの」

紗良は肩にかけていた小さなポーチを開けると、財布を取り出して、千円札を抜いた。

「待てよ」

「ほっといて。お母さんのことも、私のことも」

紗良は目も合わさずにアイスティーのコースターの下に千円札をねじ込ませ、そのままテーブルを立った。腕を摑もうとしたが、わずかのところでかわされ、そのまま足早に、紗良は扉へと向かっていった。

「おい、紗良！」

強く呼んだ。

だが娘は振り向かず、そのまま喫茶店を出ていった。

十五．　おとこたちはこれから

店員に案内された二名用の個室席を見て、その狭さに噴き出しそうになった。

靴を脱いであがってみると一人当たり一畳の半分のスペースもなく、掘り炬燵《ごたつ》の上に置かれたテーブルもまた、大皿を二つ乗せるのがやっとという大きさだった。

向かいに座った部長が窮屈そうに鞄を横に置いて、掘り炬燵に脚を沈める。僕の脚が触れてしまわぬよう、細心の注意を払わなければならなかった。

「二人で飲むのは、初めてじゃないですか？」

運ばれてきたおしぼりを僕に手渡しながら、辻部長が言った。

「すみません、急に、飲みに行きたいだなんて言って」

「いいえ。部下から誘われるのって、案外嬉しいものですよ」

まあ、頻繁にだと断るかもしれませんが、と笑いながら、部長はネクタイを外して鞄にしまった。

仕事終わりに、職場の人を飲みに誘うなんて。

これではやっていることが土方課長と変わらないと思った。けれど、上司を自分から誘うのは四年も勤めて初めてのことで、今の自分はよほどまいっているのだと、そんなことから客観視できた。

まだ火曜日の早い時間のせいか、新宿の雑居ビルにある居酒屋の店内からはほとんど物音が聞こえない。客は僕らだけかもしれなかった。

部長は鼻の頭におしぼりを軽く当てたあと、それを丁寧に畳んでテーブルの端に置いた。

昔、飲食店のおしぼりで顔全体を荒々しく拭っている父親の姿を見て、言い知れぬ不快感に襲われたことがあった。体の垢《あか》でも落とすように首元まで強くおしぼりを擦り付けていく父さんの姿はあまりに野性的で、同じ男として、自分もいつかこうなってしまうのかと怖くなった。その日以来、男性がおしぼりで顔を拭う仕草を見ると、妙な苛立ちと嫌悪の感情が滲み出てくる。でも不思議なことに、辻部長が今こうして軽く頬や鼻を拭う姿には、ちょっとした気品のようなものすら感じられた。

「雨宮さんは、お酒は飲まれるんでしたっけ?」

「あ、はい。強くはないんですけど」

「じゃあ、せっかくなので飲みましょう」

辻部長がドリンクメニューを広げて、僕の方に見せる。

「部長は、飲まれますか?」

「ええ。強いですよ、私は」

部長は嬉しそうにページを捲り、芋焼酎から始めようかなあと呟いた。その直後、閉じられていた襖が素早く開いて、店員さんが注文を尋ねてくる。やっぱり、店はかなり空いているみたいだった。携帯電話を鞄にしまう。ついでに時計を見ると、まだ六時前だった。

部長と二人で労働基準監督署を出たのが、確か五時半くらいだった。淡いピンク色に染められてゆく雲を見ていたら、不意に、翠さんと僕の間に生まれた心の断絶と、自分の過去に刻まれている罪について誰かに聞いてもらいたくなったのだった。

それは、部長がご家族の話をしながら歩いていたせいかもしれないし、懲戒処分となった土方課長の話をするなかで自分の言動を省みて浮かんだことかもしれなかった。

いずれにしても、誰かにこの迷路のようになった感情を吐露しなければ、いつか言葉の力ではどうにもならないほど暴力的な本能に支配されてしまうのでは、という恐怖心が湧いてきていることは間違いなかった。

無意識に目を逸らしていた過去の加害経験と、モラハラ発言。それらを翠さんに暴かれてから、もう一週間が経とうとしている。

二人で暮らす家の中は、それまで濁していた二人の違和感の輪郭がくっきりと照らされていて、部屋の空気はどれだけ換気しようとも、軽くなることがなかった。

それでももう、後戻りはできないのだ、という意地と意思で、生活は続いていた。両家顔合わせの日も近づいており、今更それを遅らせるという選択肢は非現実的なものに思えた。なにより、毎日のようにテンション高く連絡をしてくる両親に対して、この悲惨な現状を伝えるなんて到底できそうになかった。

「で、わざわざ社外でお酒なんて飲みつつ、ということは、雨宮さん、何かありましたか？」

「え？」

部長が二杯目のお酒を飲み終えた頃、場は温め終わった、と言わんばかりの物言いで、僕に訊ねた。

「まさか仕事の話ではないですよね？　でしたら、職場で話せば済むことですし、わざわざお酒の力を借りて言わないでくださいね」

「いえ、そんなつもりは」

「ならよかった」

部長はにんまりと笑みを浮かべたあと、綺麗に畳まれたおしぼりで口元を拭った。アルコールのせいなのか、反応はどことなくふわふわしているように思えた。

「何もないなら、それに越したことはないですが」

「いや、あるには、あるんですけど」

「お、あるんですね？」

好物だ、と言わんばかりに、眼鏡の奥で目尻を細める。その様子を見て、僕も思わず笑ってしまう。

「そんな、大した話じゃないかもしれないんですけど」

そう前置きしながら、どこから話すべきか、改めて考える。

部長は興味深そうに僕のことを見て、でも決して話を急《せ》かすようなことはせず、じっと耳を貸す準備をしてくれていた。

「うまく言えるかわかんないんですけど」

「ええ、どうぞ」

意識的に、呼吸を遅くする。選ぶ言葉を間違えることのないように、ゆっくりと口を開いた。

「たとえばですけど、無自覚にも、誰かを加害していたとするじゃないですか」

「はい」

辻部長は続きを促すように、ゆっくりと瞬きをして、頷いた。

「僕には、そういう過去があって。無自覚というか、本当は自覚していたのに、見て見ぬふりをしていた加害、です」

「ええ、ありますよね」

「部長にも、ありますか?」

思わず部長の顔を見つめる。部長はグラスに視線を落としたまま、中の氷をゆっくりと回した。近くのテーブルにも来客があったようで、襖の外がわずかに騒がしくなる。その騒音を掻き消すように、部長ははっきりとした口調で、僕に言った。

「私は過去に、同僚の自死を止められなかったことがあります」

迷いのない声だった。それでも、十分すぎるほどの後悔がそこにあることは、影のかかった表情を見れば明らかだった。

「その同僚のすぐ近くの席で働いていました。仲も、とても良かったです。よく飲みに行っていました。ですから、彼が上司からのハラスメントに苦しめられ、辛そうにしていたことも知っていました」

近くの個室から、わっと歓声が上がった。醜い騒音がただただ邪魔だった。

「知っていたのに、私は彼の相談に、あまり本気で乗ってやらなかった。社会はそんなものだろうと言って、被害の全貌を知ろうともしませんでした。それで、ある日突然、彼と連絡がつかなくなりました。警察も動いて、結局、自宅で静かに亡くなっていました。そんなふうになるまで傍観していたのですから、私が加害したのと、意味は変わらないと思います」

前に、入谷さんが話してくれたことを、ようやく思い出していた。

部長が前職時代に、自ら人事部への異動を希望したきっかけ。

その詳細を部長本人から聞くことになるとは、あの時は思いもしなかった。そして今は、まるで自傷したように苦しそうな笑みを浮かべた部長を、僕はただ見つめることしかできずにいる。

「部下である雨宮さんの前で言うことではないかもしれませんが、私は、今も罪滅ぼしのような気持ちで、この仕事を続けています。前職で人事部に異動したときから、そうでした。ただ、前の会社にいたときは、あまりに自分も他人も、憎みすぎてしまって。いろいろと、躍起になって動いたのですが、結果的に、私が鬱病のようになり、しばらく休むことになって、そのあと、転職を決めたんです」

だから、雨宮さんがホワイトボックスを提案してくださったときは嬉しかったんですよ、と、部長はフォローするように、口角を上げて言った。

「ほかにも、今思えばあれは相手を傷つける発言だった、と後から気付くものもありますし、今もまだ自覚できていない加害も、きっとあると思います。前にも話したと思いますが、そもそも僕はこの国に男性として生まれて、異性愛者である時点で、無自覚なところでたくさんの特権を持って生きているんですよね。それを当たり前のように行使するたび、誰かを傷つけているんじゃないか、と考えれば、もうこの社会で男性として生きることは、それだけで加害性を帯びている、ということとほぼイコールなんじゃないかと思っています」

そこまで話して、部長は残り少なくなった焼酎のロックを飲み干した。

店内は空調が効きすぎているように感じて、上を見てみれば、冷風が直接当たる位置に僕だけが座っていた。

そういう話で合っていますか？　と、部長はこちらを向いた。

部長の一人称が「私」ではなく「僕」になっていることに気付いて、そんなことから、これは人事部長としてではなく、個人的に話していることなのだと感じとっていた。

以前、人事部内の勉強会から脱線するように、「男性中心的な社会とはどういうものか」という話を、部長がしてくれた。

たとえば公共トイレひとつとっても、真に公平な世界であるなら女性用トイレだけに行列ができるのはおかしい。女性用個室の数は男性用の小便器の数よりもずっと多く用意されるべきだ、といった話や、自動車の衝突実験のマネキンの多くはこれまで男性の体格をベースに作られてきたという事実があり、そのことが原因で女性の死亡率や重症率が高くなっているので、マネキンのサイズも女性に合わせたものへの変更が進んでいる、といったことが話題に上っていた。

オフィスの室温管理にしても、棚の高さにしても、ビジネスホテルのアメニティにしても、最近までずっと男性中心にデザインされ、女性たちはいないことにされてきた過去がある。基本が「男性向け」として作られた社会で、そのことに男たちがどこまで自覚的でいられるか、といった話だった。

それらを思い出した上で、自分の脳に渦巻く、形のない不安と向き合ってみる。

「でも、僕の場合は、そういった構造上の話ではなく、もっと個人的な話なんです」

「個人的？」

部長の目を見られず、視線を手元のおしぼりに落とした。

「自分がこの手でしてしまった、加害の話です」

どこまで話すべきか、迷いながら口を開いた。これまで犯した自分の加害について、ほぼ全貌を伝えた。まるでひっそりと教会に入り込み、神父に懺悔《ざんげ》をする気分だった。

「当時の自分は、あまりにひどかったです。最低な人間だったと、顧《かえり》みています。でも、それを認めて反省して、謝罪したところで、過去が消えるわけではないじゃないですか」

部長は小さく頷いて、否定せずに、じっと見てくれていた。

「罪は、ずっとそこに留まってしまうし、善行によって過去が覆るなんてこともない。罪はずっと罪のまま、被害者が傷を忘れる日まで、いや、傷をたまに思い出す限りは、そこにあり続けると思うんです。つまり、その被害者にとって、僕はずっと加害者であり続けるということですよね……？」

一つひとつ言葉にしながら、ああ、なんて苦しく、しんどい人生が始まってしまったのだと、肉が腐って剥がれ落ちるような絶望を垣間見る。しかし、その絶望すら、被害者の傷よりは到底浅いものなのだとすぐに悔い改め、ますます地獄を見る。加害者のくせに、悲しい人生みたいな顔をするなと、翠さんのあの蔑んだ目が脳裏に浮かび、僕を捉える。

「どうしたらいい、なんてわかりやすい答えがないことはわかっているんです。でも、すみません、今は誰かに吐き出していないと、おかしくなりそうで」

話し終えると、辻部長は「そうですね」とだけ呟いて、氷だけになったグラスを静かに口に運んだ。カラン、と音がしてから、また話し出すまでの時間が、あまりに長く感じられた。

「確かにそうかもしれない。被害に遭われた方たちがその傷を完全に忘れない限りは、加害者もまた、その傷を忘れることは許されないのでしょうね」

部長は静かに襖を開けた。籠っていた空気が外に逃げていく。

通りかかった店員さんに手を挙げると、水をもらえるように頼んでから、「でも」と続けた。

「今、雨宮さんが僕に話してくれたように、一人で抱えるにはあまりに大きすぎる罪の意識については、時折誰かと共有しながら日々戒《いまし》めて暮らす。そんなふうに生きられるなら、まだ希望があるんじゃないかと、僕は思いましたよ」

「それ、どういうことですか？」

「単純に、人間というのは他者との関係性の中で成長していく生き物なので、福祉や社会、身近な人から孤立して一人になったら、闇に飲まれてしまうかもしれない、という話です。今の雨宮さんは、まだ誰かに自分の気持ちを話すことができる。身近な人や社会との接点を持って、助けを求められる状態にある。それなら、気持ちも少しは楽になるし、新たな加害に加担せずに生きられるんじゃないかと、僕は思います」

水はすぐに運ばれてきて、僕の手元にも置かれた。部長はテーブルの水滴をおしぼりで拭き取りながら、僕の目の奥を見るように言った。

「どうしても、許されないことはあります。それを抱えて生きていくことも、大変ですが必要です。でも、それを一人で抱え込む必要はないって話です。僕でよかったら、また是非話を聞かせてください」

近くの団体席で、何度も乾杯の発声が上がっていて、騒がしい。

明日も仕事ですし、そろそろ行きましょうかと部長が言って、僕らは静かに席を立った。

十六．　雑草とエプロン

リビングの壁掛けカレンダーを見て、ため息が出た。

あと五日。五日でやっと、出勤日になるのだ。

出勤停止期間は三週間ほどだったが、この十日間は、今まで経験したことのない大きな虚無感に襲われた。朝起きてから寝るまですることがなく、退屈に思うたび孤独を突きつけられる。

働くことを奪われるのは、俺から全てを奪うことと大して変わらないのだと知った。

だから、この出勤日だけが待ち遠しかった。

復帰後は営業職に戻れず、勤務地も本社である現オフィスから離れたところになるとは聞かされている。きっと出世を諦めたやつばかりが群れる、掃き溜めのような場所だろう。

それでも、働けるならまだよかった。

こんな家にずっと閉じ込められていたら、頭がおかしくなる。

掃除も洗濯もやる気が起きず、家も服も、汚れ続けた。風呂場には浴槽全体にピンク色の汚れが浮かび上がり、トイレの便器は黒い輪が日に日に輪郭を強くしていた。キッチンからは下水が上がって乾いたような匂いがして、フローリングはこの湿度のせいか、裸足で歩くとベタベタした。溜まったゴミ袋のいくつかは、出すタイミングがわからず、裏庭の隅に避難させたままだ。

リビングはいつも、ツンと鼻につく悪臭がする。その原因がテーブルに置かれた酒の瓶や飲みかけの缶、惣菜の袋のせいだとわかっているが、どうしてだろうか、片付けたほうがいいとわかっていても、体が言うことを聞かなかった。

自分の体が、思いどおりに動かない。それもまた、初めての経験だった。

熱もないのにベッドから起き上がるだけの気力が湧いてこず、寝返りを打ち続けて、夕方になる。そんな日が数日あった。

俺は、ここまで使い物にならなくなるのか。

そのことに驚いた。

鬱病とかいうものは、心の弱い人間が言い訳のように使っている便利な言葉だと思っていた。だが、これまでの自分の体調を考えれば、きっと自分もそれに近かったのだと、今ではわかる。今日はまだ調子がいい。それも、あと五日で出勤という事実が、自分に活力を与えてくれているからだ。

久しぶりにリビングのカーテンを開けてみる。日の光が上から柔らかく差し込み、目の奥が痛んだ。午前中だと、奥まっているこの家の窓には光があまり入らない。つまり、また昼まで寝ていたということだ。

足元に目をやる。雑草だらけの庭が見えた。ちょっと前まではもう少し草の背が低かったはずだが、すでに膝くらいまで伸びたものもたくさんある。

不意に、網戸に手をかけて、庭に降りてみた。

突っ掛けサンダルで雑草の上から土を踏むと、生き物のようにやわらかな反応がある。一日に陽がわずかしか射さない小さな庭だが、雑草だけはたくましく育つ。膝の上まで伸びた雑草を見つけて、それを一本、抜いてみる。ほどよい抵抗があった後、根っこからぶちぶちと音を立てて、綺麗に引き抜くことができた。なかなか心地いい。そのまま、隣のものも抜いてみる。やはり、さっきと同じように、引き抜いた後の開放感が癖になる。

調子に乗って、何本か抜いた。草むしりなんてもう何年、美貴子に任せっぱなしだっただろうか。狭い庭だが、雑草は無限に生えるので、いくら抜いても終わりそうになかった。

無心になって、抜き続けた。

心地よさがずっと続くわけではない。引っこ抜いていくうちに腰に負担がかかって、それでも無限に生えている雑草が、俺の好きだった庭をこんなに惨めな姿に変えてしまったのだと、憎くなってきた。

なんで、こんな。

一本一本、引き抜いて、そのまま放り捨てた。引き抜いて、捨てて、引き抜いて、捨てて。同じことを何度も繰り返しているうちに、なぜだろうか、今度はその雑草の、肥料もなくわずかな光で生えてきたのに突然引き抜かれて終わる儚《はかな》い一生に、同情の念を抱きつつあった。

わけがわからない。

美貴子や、紗良や長谷川のことが、頭に浮かんで離れなくなる。美貴子が離婚を告げてきたことも、紗良にあんなに憎まれていたことも、長谷川の容赦ない復讐も、人事の辞令も、全部、俺が悪いことになっている。

俺は、必死に、働いてきただけなのに。

必死に働いて、家を買って、庭に芝生を植えて、子供とそこで休日を過ごす。それが、俺の夢だったはずだ。俺の親父は、三男の俺に全然かまってくれなかった。いつも兄貴たちばかりを見て、俺はおまけみたいな扱いで相手にしてもらえなかった。だから、頑張ろうと思った。頑張って、いつか庭付きの家を買って、父親になった自分は子供とそこで遊ぶのだと、小さいながらに思ったはずだった。

大企業とはいえないが、商社に入って、親父は初めて喜んでくれた。そこで結果を残せば、いつか認めてくれると信じた。働いていくうちに、この会社を好きになった。上司や同僚に認められ、必要とされることが、何にも代え難い体験になった。寝ずに働き、数字を積み上げ、部でトップを目指す。普段は見かけることすら叶わない社長から、直々に賞状を受け取る。人生で最も興奮した瞬間だった。それを部下にも味わわせてやろうと、躍起になって、さらに働いた。いつしか、働くことばかりになった。

その結果が、今だ。親父は俺が課長になる前に死んで、妻も娘も出ていって、会社や部下からも見放された。

目の前には、雑草だらけの庭しかない。

どうして、こんな状態で俺は、一人でいる？

腰をかがめたまま、ぼたぼたと垂れる汗を見つめた。息が整うと、また雑草を抜きにかかる。根まで抜けないときは、地面をほじくり返して、強引に剝ぎ取った。引き抜くたびに、大量の汗が噴き出る。それでも抜いた。ひたすら抜いて、あらかた全部抜き終わると、その雑草を、蹴って集めて、小さな山にした。

そして、上から踏んだ。何度も踏みつけて、それでも雑草は山になっているので、軽く跳ねて、今度は両足で踏んだ。山が低く潰れるまで、何度もジャンプを繰り返した。

ざまあみろ。

リズムよく飛んでは、雑草の山を強く踏みつける。そのうち、雑草はくったりと弱ってきた。

ようやく飛ぶのをやめて、山から降りた。左足を地面に着こうとした途端、草に足を取られ、尻餅をついた。

「ぬっ、この、糞」

痛みはなかったが、とっくに息切れして、肺が苦しかった。

尻についた土を払うと、再び山に乗った。

許せなかった。俺は全部奪われていくのに、その原因が俺にあるのだと、突きつけられている気がした。

足が上がらなくなるまで、何度も踏んだ。嗚咽《おえつ》が出た。限界を感じてふと我に返った頃には、庭はほぼ全体が、日陰になっていた。寝巻きは汗まみれになっており、何箇所も蚊に刺されたのか、体中が痒かった。

我慢できるような痒みではなく、痒み止めを塗ろうと、網戸に手をかけた。そこで、細かな網の向こうに、リビングが見えた。

じっと眺めてみて、驚いた。

ひどいゴミ屋敷だった。

人が住める家じゃなかった。高く積まれたゴミ袋や、倒れて中身が漏れ出した缶ビールが、全部そのままになっていた。

急に、息が苦しくなった。この中で何日も過ごしていたとは、到底考えられなかった。猛烈な嫌悪感が、足の先からじわじわと這い上がってきた。

俺は、やっぱりひとりなのだ。

たくさんの辛抱をして、たくさんのものを大切に抱えてきたつもりが、一つも、一人も、残ったものはない。その事実が、急に全身を突き刺して、俺は、なんでだ、全身の力が抜けていく感覚があった。息を吸おうにも、うまく吸えなかった。網戸にもたれかかって、大きく軋む音を聞いた。悲しいわけでもないのに、涙が止まらず、絶え間なく雫が流れ出ていった。ぼたぼたと、汗と涙が頬から剝がれるように落ち、目を閉じた覚えはないのに、景色が真っ暗になっていく。

胃液が逆流し、その間、息が吸えない。体中が痛かった。網戸にもたれかかったまま、その網戸が、どんどん俺を飲み込んでいくように思えた。

頼むから、落ち着いてくれ。

自分に叫んだ。意識的に呼吸を試みて、何度も息を吐いて、吸った。

ここで嘔吐したら負け、いや、死だと思った。

少しずつ、嗚咽は収まり、棘だらけのように感じていた体の内側が、なだらかになっていくのを感じた。かなり時間はかかった。浅く、細かく、酸素を少しずつ入れながら、禿《は》げて土が見える庭だけを、見続けた。

どうしようもなかった。

朦朧《もうろう》としていた意識が戻ってくるが、しかし、網戸越しの荒れ果てた家を見ても、どうしていいかわからない。何もできる気がしない。何をすべきなのか、頭が働かない。

誰かに、助けを求めるべきだと思った。

携帯は、ダイニングテーブルに置いたはずだった。美貴子の置いた離婚届の隣に、俺の携帯が伏せてある。

充電器に挿しながら、電話帳を開く。

誰か。

そこにあった名前に、電話をかけた。

数回のコールの後、久々に聴いた声がした。

「珍しい。どうしたんですか」

かすかに残った唾液を飲み、深呼吸してから言った。

「三条、助けてほしい」

午後三時。車でやってきた三条の両手には、大きなレジ袋がいくつもぶら下がっていた。

俺は汗で濡れた寝巻きから着替えはしたが、風呂に入ったり、髭を剃ったりするまでの余力はなかった。二十年来の付き合いとはいえ、三条にここまでボロボロの姿を見られることが、途端に恥ずかしくなった。

「すまん」

「いえ」

三条は手に持っていた袋のうち、一番大きなものを俺に渡した。中を覗くと、大量の掃除用具が入っている。

「気合い入れて、ホームセンター寄ってきました」

「ああ」

「入りますね」

「あ、いや」

三条は、返事も待たずに玄関の扉を開けた。散らかった家が露《あら》わになった。少し前の俺なら、こんな醜態を晒すことはあり得なかった。身の周りのことすらできないと知られたら、きっと威厳は失われるだろうと、慌てたはずだ。

しかし、俺はもう課長職から降格する上、勤務地まで変わる。今更、威厳も何もないし、きっと三条に会社で会うことも、当分なくなるだろう。

「ごめん、散らかってる」

「そのために来たんですよ」

何が愉快なのか、三条は嬉しそうに靴を脱いだ。廊下に上がると、自前の薄灰色のスリッパを取り出して、それに履き替えた。

失礼します、と言いながら、家の中をゆっくりと観察して回り始めた。三条の後ろにくっついて歩くと、改めて、家の汚れ具合に驚かされた。

時間をかけて部屋を見たあと、玄関まで戻り、三条は腕まくりをした。

「細かいところは別ですけど、まあ数時間あれば、なんとか片付けられるんじゃないですか」

三条はホームセンターの袋からスポンジや洗剤を取り出し始める。そこで初めて、わざわざ三条を呼ばなくとも、家事代行業者に頼めばよかったか、と気付いた。しかし、さっきまでの状態では、その発想も全く出てこなかった。

「土方さん、お皿洗いくらいはできます？」

マスクにビニール手袋まではめた三条が、腰に手を当てて言った。

「そのくらいなら」

「じゃあ、できる範囲でお願いします。あとこれ」

三条はもう一度屈《かが》むと、ビニール袋の中から黄色い布を取り出し、俺に渡した。

「なんだこれ」

「エプロンです」

「はあ？」

冗談かと思って、声を上げて笑った。しかし力が入らない。三条はきょとんとした顔で、俺を見た。

「もしかして、エプロンしたことないんですか？」

「ねえよ。女じゃねえんだから」

「はー、これまた」

三条は苦笑いを浮かべて、わざとらしくため息をついた。

「土方さん。仕事に行くとき、スーツ着て、ネクタイ締めるじゃないですか。あれはマナーとかもあるけど、何より気合いが入りませんか。それと一緒ですよ。エプロンはつけたほうが服も汚れないし、便利ですけど、何より気合いが入る。そのための装備です。男とか、女とかじゃないです」

そう言いながら、三条は俺の脇に手を入れると、スルスルとエプロンを着け始めた。

「やめろって、いらねえから」

「どうせ、誰も、見てないです」

きつく紐《ひも》を縛られる感覚がある。よく見れば、三条の体には既に、茶色のエプロンが着けられている。男二人、何やってんだと呆れるが、わざわざ脱ぐのも面倒になり、そのまま皿を洗い始めることにした。

シンクには、大量の皿やグラスが積み重なっている。皿洗いなんて本当に何年振り、いや、十数年ぶりかもしれない。久しぶりにスポンジに水を吸わせて、そこに洗剤をかけた。かすかな刺激臭とともに、柑橘系の匂いがする。

何日もかけて溜まった食器は、大きな山を成している。見るたびげんなりとしていたが、意外にも洗いだすと、それなりの快感があった。一枚一枚、皿を泡まみれにしては水で流す作業を繰り返す。雑草を抜くのと同じで、一個一個の作業はシンプルであり、やっている間は無心になれる。食器の山が少しずつ小さくなり、目に見えて作業が終わっていくのは、なかなか心地よいものがあった。

しばらくして、風呂場を磨いていた三条のところに顔を出した。三条はジーパンを膝上までたくし上げていて、その足はあまりに白く、鹿のように細かった。

「あれ、どうしました?」

「いや、終わったから」

「え、全部洗い終わったんですか?」

黙って頷くと、三条は「早すぎませんか」と言った。

「ちょっと確認させてください」

ゴミ袋をいくつかどかしながら、三条が台所に来た。水切り籠に入った食器にいくつか触れるなり、あーあーあーと、声を上げた。

「なんですか、これ」

「どれ」

「これですよ。ほら」

朝食によく使っている平皿だ。洗ったばかりであり、どう見ても綺麗だった。

「問題ないだろ」

「ここ、触ってみてください」

「ああ?」

皿の端を指でなぞってみる。ヌルヌルと、油分で滑った感触があった。マーガリンか何かだろうか。

「全然、落ちてないですよ」

「これくらい、干しとけば乾くだろ」

「それ、本気で言ってるんですか？」

三条が露骨に嫌悪した顔を見せるので、仕方なく、もう一度スポンジを手に取った。めんどくせえなとひとりごちたつもりが、「そうですよ」と廊下から返事がくる。

冷蔵庫の中身の整理。ゴミ捨て。フローリングの雑巾掛け。トイレ掃除。洗濯機及び洗濯槽の掃除。窓拭き。大半の掃除に三条から文句をつけられたが、それらを手分けして進めているとあっという間に西日が差した。外からは蟬の声が延々と響いていて、まだ暑さが和らぐことはないと歌っているようだった。

噴き出てくる汗が拭いたばかりのフローリングに落ちた。エアコンの風を強めたが、換気のために窓も開けているので、あまり意味がなさそうだった。運転音ばかりが響いて、なかなか涼しくならない。

「そろそろ、ご飯にしませんか」

掃除にも飽き飽きしかけていたところで、三条がエプロンを外しながら言った。

それでようやく、俺の胃が空腹の感覚を思い出したようだった。

「何食う？」

出前で、うなぎでも頼むのがいいと思った。しばらく鰻重などを食ってないし、精がつくと思った。しかし三条は「買い出しに行きましょう」と言って、返事を待たずに外に出る支度を始めた。

「は？」

「土方さん、ずっとコンビニ弁当とか出来合いのものしか食べてないですよね。たまには、作りましょう」

せっかくキッチンも綺麗になったし、と靴を履きながら言う。

「嫌だよ。腹減ってんだから」

「じゃあ尚更、自分たちで、作りましょう」

三条は譲る気がなさそうだった。なぜか、少し腹を立てた様子で玄関に立っている。いくら拒んでも言うことを聞かなそうで、それで、本当に二人でスーパーまで歩くことになった。

奇妙な光景だった。嫁が出て行ったうえに、男と一緒にスーパーにいたなんて、誰かに見られたらどう言い訳しようかと、そればかり考えていた。歩いているうちに日は傾いていったが、まだまだ人の顔を認識するには十分な明るさがあった。

ワンフロアしかない古いスーパーに着くと、三条は買い物かごを手に取った。小さいうえに駅からも遠いので、本当に地元客しか使っていない、地域密着の寂れた店だ。

「今の玉ねぎの相場、知ってます？」

自動ドアを潜って最初に展開されている野菜売り場で、三条は商品の値段を一つひとつ確かめながら玉ねぎを手に取る。

俺が「知らん」と答えると、「ですよね」とため息まじりのような返事が聞こえた。

「玉ねぎ、たぶんですけど、僕らが人生で一番、口にしている野菜だと思いますよ。肉に合わせるにも、スープにしても、火を通せば甘みが引き立って、味に深みが出ます。どんなものにも使える、優秀な食材です。会議でも言ってたじゃないですか。野菜の高騰で、会社の利益にも影響が出ているって」

「うちが直接関わってるわけでもねえし、玉ねぎひとつの値上げ幅なんて、細かく見てねえよ」

「じゃあ今日、知りましょう。そういうところに、興味を持つんです。土方さんは、生活をしてみた方がいいですよ、絶対に」

生活ってなんだよ。生きてんだから、みんな生活してんだろう。

三条の意味不明な説教に、耳を塞ぎたかった。そうしている間にも、三条は次から次へと、かごに食材を放り込んでいく。

「牛肉安いんで、ビーフカレーにしましょうか」

最後に牛肉を入れて、会計を済ませた。いつの間に持ってきたのか、三条は大きなエコバッグを広げると、テンポよくそこに食材を詰め込んでいった。

日が暮れかけていた。空が綺麗ですねえと三条が言って、一面が淡い紫色に染められていることに気付いた。

「土方さん。スーパーって、どの店も慣れてくると、何がどこに置かれているのか、すぐに判断がつくようになるんですよ」

また三条が、主婦みたいなことを口にし始める。

「店が自分のナワバリみたくなると、今日はこれが安いな、棚が変わったな、新しい商品が入ったなって、小さな変化に気付くようになるんです。すると、日々の買い出しも、不思議と楽しくなるんですよ。掘り出し物を見つけに行く感じです。そうやって、義務感ではなく、探究心とか好奇心を持って生きると、なんだか生活自体が楽しく思えてくる。わかります？」

「ああ」と、曖昧に返事をする。三条は少し黙ったあと、

「そういう時間、今の土方さんに、一番必要なんじゃないですか」

と付け加えた。


帰宅してから、本当に二人でカレーを作った。

米を炊くことも、野菜を切ることも、ほとんどやってこなかったことだ。三条は慣れた手つきで調理を進めて、俺はほぼそれを見ているだけだった。たまに叱られるように指示がくるので、それだけ最低限こなした。

なんだか、キャンプに来ている気分だった。

子供の頃に通っていた、ボーイスカウトを思い出した。兄貴たちは入らず、自分だけが通っていたボーイスカウトは、何か特別扱いされた気がして、嬉しかった。でも、あの時も俺は、料理とかは全くしなかった。家では母親以外誰も料理をしなかったし、男は力仕事をするものだと、ずっとそう思って生きてきた。

「米、炊けます？」

炊き上がりを待ちながら、三条が尋ねた。

「いや？」

炊飯器には、一度も触ったことがない。それは美貴子の仕事だと、本人も自負していた。

「今の時期はまだいいんですけど、冬になると、猛烈に水が冷たくて、研ぐのが本当にしんど

いんですよ」

三条は、指に針でも刺さったような顔をして、「あれは、拷問みたいなもんです」と言った。

「お湯出せばいいだろ」

「味が落ちるんですよ、露骨に」

呆れた様子で言って、キッチンカウンターに寄りかかる。

「毎日毎日、つめたーい水と戦ってんですよ、ここに立つ人は」

鼻先を掻きながらぼやいた三条の指先を見ると、乾燥してガサガサになっていることに気付いた。


米が炊き上がると、すぐに二人でテーブルについた。

「本当は、スパイスから作りたかったんですけどね」

俺がカレーを口に入れるのを待ってから、三条が言った。

しばらく碌《ろく》なものを食っていなかったからだろう。大したものも入れていないカレーなんかが、やけに美味《うま》く感じた。三条に指示され、野菜を自分の好みの大きさに切ったのが良かった。

美貴子が切る野菜はいつも小さすぎたのだと、口に入れて気付いた。

「これはこれで美味しいですけど」と、三条は悔しそうに咀嚼《そしゃく》している。

どこまでも自分とは真逆の人間なのに、どうして今日まで長く付き合えているのか、本当に不思議に思った。

二人とも食べ終わる頃には、夜八時を過ぎていた。

「土方さん、僕が本当に、掃除好きな人間だと思ってます?」

食べ終えた食器をシンクに運んでいると、突然、皿を洗っていた三条が言った。

「え?」

あんなに喜んで、両手いっぱいに掃除道具を運んできたんだから、嫌いなわけがないだろう。

「違いますよ」

三条の横顔は、笑っていない。

「誰だって、面倒だと思ってますよ、こんなこと」

三条の手に握られたカレーの鍋が、水に浸けられていく。

「面倒な上に、無償でやるんですから、なおさら馬鹿らしいもんです」

水位が少しずつ高くなっていき、鍋に張り付いていたルーが剝がれていく。

「それをずーっと女性に押し付けて、感謝の気持ちも持たなかったのが、僕らみたいな古い世代の男です」

三条が水を止めた。部屋全体が静かになった。

「前の、嫁さんか?」

「ええ」

スポンジに泡をたてながら、三条は続ける。

「僕が離婚したときのこと、覚えてます?」

もう二十年近く前だろうか。あの時は、若いのに離婚した三条が、まあ落ち込んで大変だった。

「よく飲みに行ったなあ」

だが、詳しい離婚理由までは聞かなかった気がする。興味もさほどなかった。

「それもそうですけど、あの時、土方さんがずっと横にいて、必死に働かせてくれたんですよ。もう、家に帰る余裕がないくらい忙しくて、それがあったから落ち込む余裕もなくて、なんとか乗り越えられたと思ってます。本当、有り難かったです」

「そうだったっけか」

本当に覚えていなかった。ただがむしゃらに働いていた記憶だけが、ぼんやりと残っていた。

三条から、泡がついた鍋を渡される。蛇口を捻ると、水が跳ねないようにゆっくりと、茶色混じりの泡を洗い流した。

「でも、もうそんな時代じゃないです。男も女も、自分で家事して、自分で稼いで、自分で生活しなきゃならないわけで。平等や公平って、すごく面倒です。僕は、働くのも面倒ですし、家事をするのも面倒なので」

軽く笑って、三条は台所の上をふきんで拭き始めた。三条の今の奥さんは、料理も掃除もあまり得意ではないのだと、前に言っていたことを思い出した。

昼間に洗ったばかりの食器で、カレーを食う。

食べ終わればまた汚れて、それを洗う。

生きることは、ほとほと面倒で、生活とはその繰り返しだということに、嫌気がさす。

「でも、その面倒なことを土方さんがしてこなかったってことは、今日まで、別の誰かがそれをしてくれていたってことですから。パートナーだけじゃないです。きっと、全部失う前に気付かなきゃいけなかったことが、たくさんあったんですよ」

ふきんを絞った三条が言った。

美貴子が以前、食洗機が欲しいと言っていたことを、不意に思い出した。

いつの間にか、テーブルの上は綺麗さっぱり片付いていて、床を埋め尽くすほど広がっていたゴミ袋や空き缶もなくなっている。ほとんど、三条がやってくれたことだった。そのことにも、今になって気付くほど、俺は鈍感な人間なのだろうか。

「ありがとな」

美貴子は、どこに寝泊まりしているのだろうか。

その部屋は、きっと綺麗に片付いているのだろう。

このゴミ、まとめたら帰りますね、と三条が言った。


エアコンが効き出したのだろうか。綺麗になったリビングで、美貴子が書いた離婚届が、ふわりと風に乗ったあと、静かに床に落ちた。掃除をしにきた三条に見つからないよう、背の高い棚の上に置いてあったはずだった。

今朝まで床に散らばっていたゴミが、見事に姿を消しているせいか、裏面を見せている離婚届はやけに目立って見えた。まるで俺に説教でもするように、強く存在を主張してきていた。

不意に、紗良が喫茶店で言っていたことを思い出した。

俺は、妻や娘を、奴隷や召使いのように使っていたらしい。

本当だろうか？

床に落ちた離婚届を拾った。

引き出しからボールペンを取り出し、テーブルにつく。未記入になっている離婚届の空欄部分を、じっくり眺めた。

いつ家に帰ってくるのかわからない妻を待つのも、奴隷だなんだと言われながら続ける憂鬱な結婚生活も、面倒だ。

こっちが加害者にされるくらいなら、いっそ、自由にさせてやればいい。

なぜか、そう思えた。

ペンを手に取り、空欄を埋めていった。

自分の字の汚さに驚いたが、それ以外に、なんの感情が湧いてくることもなかった。

最後まで記入を終えると、一度だけ見返して、携帯を手に取った。


——離婚届、書いたぞ。


三カ月ぶりに、美貴子にメールを送った。

返事が届いたのは、翌朝のことだった。

十七．七月の庭園

「いやぁ、よかったですよ。翠さんみたいに綺麗な人がうちに来てくれることになって」

上座に座る父さんが、僕には向けたことのない穏やかな表情で言った。

十二名まで入ると言われた和室の奥には、僕の肩ほどの高さしかない低い窓が設けられていて、その窓の先を見れば、僕らが歩いてきたばかりの庭園が広がっている。まだ七月だというのに不自然なほど紅葉した木があり、ぼってりとした姿を見つめていると、それが偽物のように思えてきた。

新宿駅から電車で一時間。同じ東京とは思えないほど青々しく生い茂る自然に囲まれた料亭に、翠さんの家族と僕の家族が、初めて一堂に会した。

男性陣はスーツ、女性陣は着物で揃えた顔合わせは、今のところ寸分のズレも許さない緊張感をまとったまま、滞りなく進んでいる。

「うちのは、なんというか、一人息子なのに男らしさが足りないっていうかね。ナヨナヨしてるでしょう？　ちょっとそういうところが、心配でねえ」

父さんは、この堅苦しい空気をちっとも苦に感じないようで、今も座布団の上で胡座《あぐら》をかき、のけぞるようにして寛《くつろ》いでいる。

「あとはまあ、本当はうちも、女の子が欲しかったんですよ。なあ、お前」

すかさず母さんが、笑顔で頷く。普段はろくに会話もしない両親が見せる妙な連携が薄気味悪く、たまらず部屋の壁を見つめた。

母屋から独立して設けられた離れは、格式高く見える料亭の中でもさらに特別な場所に違いなかった。広めの茶室のように素朴でいて、窓から見える景色や金粉が混じった壁は、息苦しく感じるほど気品に満ちている。畳の上に置かれた漆黒の座卓は足を入れるのもやっとというくらい背が低く、そこに運ばれる料理もまた、「とくべつなお祝いの場」のために作られたのだろう、どこを見ても華やかで、縁起の良いとされるものばかりが並べられていた。

「ですから、翠さんみたいにしっかりした美人が来るなら、うちはもう、願ったり叶ったりですよ、本当に」

何がおもしろいのか、僕と翠さん以外の全員が、同じ表情で笑っていた。笑わないお前はおかしいと言わんばかりの妙な同調圧力が、部屋全体に蔓延している。

向かいに座る翠さんも、僕と同じように、ご両親に挟まれている。翠さんのお母さんがどうしてもこの日に着せたかったのだという着物は、見慣れてきた今でもなお、翠さんに似合っているとは思えなかった。

もう一度、父親たちの奥に見える、窓からの景色を眺める。

綺麗に整いすぎた庭園が、自身の高潔さを高らかに誇示している。

この庭は、戦前から存在し、今も由緒正しい場所として知られているのだと、部屋に案内してくれた店員さんが話していた。

「あの、うちの方こそ、雨宮さんのような立派なお家に貰ってもらえて、本当に光栄です」

今にも裏返りそうな細い声でそう言ったのは、父さんの対角線上に座る、翠さんのお母さんだった。いつも不健康と思えるほど細く見える翠さんのお母さんが、今日は明るい色の着物を着ているせいか、幾分元気そうに見えた。

「この子は、小さい頃から本当に男まさりで。あの、なんとかレンジャーっていうの？　そういうものにずっと興味があって。ねえあなた。そういうものばかり見たいって言うんですよ」

「そうだったんですか。いや、こんなにお綺麗なのに」

「ねえ、本当に。ピンクとか、女の子らしい色も全然着たがらなくて。あまりに男まさりだから、もうお嫁には行けないんじゃないかと心配していたんですね。でも、本当に、自分の娘に言うのも変ですけども、こうやってね、お着物を着て。ちゃんとすると、ああ、やっぱり女の子でよかったねえって、思うんです」

わかります、わかりますと、両隣で父さんと母さんが頷いた。

「ほら、お父さんも」

翠さんのお母さんがそう言うと、上座に座っていた翠さんのお父さんが電車で起こされたようにびくりと体を動かした。

「ああ、いや。はい。その、ありがとうございます。こんな娘を」

たどたどしく話し始めた翠さんのお父さんは、七三分けで固めた白髪を片手で押さえながら、僕に目を向けた。

「えー、守くんは、商社にね、お勤めということで。私は、繊維なので食品とはジャンルが違うのですが、その、大きな括りとしては同じ商社で働いているものですから、その、同じ商社マンとしてね、苦労もわかるといいますか。で、まだ二十六ですし、将来も有望でしょうから。ねえ、雨宮さん」

隣でのけぞっていた父さんも、急に姿勢を正した。ああ、はあ、まあ、なんて下手な相槌を打ちながら、ネクタイの結び目を触る。

「まあ、こいつは、一見頼りないように見えますが、やるときはやる男なので、大丈夫だと思います」

棒読みだった。一度も仕事の話なんてしたことがないくせに、父さんは全てわかっているような顔で言った。翠さんのご両親は、うんうんと満足そうに頷いている。

「結婚したら、ますます仕事も頑張ってもらって、これから大黒柱としてね、どうかうちの、ふつつかな娘ではありますけども、支えてもらえたらと」

「やだ、お父さんったら。今の時代は共働きが普通なんですから。どちらが大黒柱とかないんですよ。翠も頑張らなきゃ。ね？」

ああ、そうかそうか。ウフフフ。ワハハハハ。はは。ははは。はははは。

茶番。全部、茶番。

何を食べても「上品なお味ですね」しか感想が出てこない料理に、上辺だけの発言の応酬。舞台装置みたいにわざとらしく荘厳な庭園と、凝り固まったジェンダー観。これは、何十年も前から続けられてきた、大人たちのお遊戯会だ。僕らはこれから、事あるごとにこんな茶番を繰り返しながら、家庭を築いていくのだろうか。僕がしたかった結婚って、そういうものだったのだろうか。

決して、笑顔を作ろうと思えなかった。しかし、この苛立ちは果たして純粋に両家の親を疎《うと》ましく感じて生まれたものなのか、自分にも懐疑的だった。

——守くんは、自分のしてきたことについては、どうなの？

今も目の前にいる翠さんに、そう問われている気がした。僕もまた、かつては翠さんに「女」や「彼女」を押し付けてきた人間であって、両親たちと僕に、それほど大きな違いはないのかもしれない。

離れの窓から見える木が、不自然に揺れた。鳥が一羽、姿を現すと、二度、三度と首をかしげ、居心地悪さから逃げ出すように羽ばたいていった。


食事が終わって煎茶を飲み干すと、店員さんに促され、庭園を散歩することになった。

離れの外には頑張れば飛び越えられそうなくらいの小さな川が流れていて、派手な装飾の橋も自慢げに架けられていた。この川は人の手で作られていて、夏場になると蛍を放流するのだと、事前に調べた際にお店のＷｅｂサイトに書かれていたことを思い出した。庭園をぐるりと回ると、十五分はかかるという。女性陣はコンクリートで舗装されているわけでもない道を歩き慣れない着物姿で進むのだから、かなり苦労しそうだと思った。

歩きはじめたところで、翠さんが躓《つまず》かないように手を差し出すと、大人たちの冷やかすような歓声が上がった。居心地は悪くなる一方で、偽物みたいにきれいに植えられた草木を、一本ずつ折って回りたくなった。

土を固めた低い階段は一段一段が長く、ゆっくり登ろうとすると歩幅がうまく合わない。六人が縦一列になり、細い道をぞろぞろと歩いて進んだ。きれいな庭ですね、を言い換えて当てはめるような会話が続き、夏の真ん中だというのに庭園は妙に涼しく、そのことが不気味に感じられた。

「翠さんは、得意料理はなんですか？」

先頭を歩いていた父さんが、振り向きもせずに言った。あまりに唐突なうえに時代錯誤な質問に、耳鳴りがして、目を瞑《つむ》った。

「実は、あんまり料理は得意ではなくて」

少しの沈黙の後に聞こえた翠さんの声は、か細くて、まるで別人のようだった。いつもより随分とトーンも高い。無理してなにかを話すときの翠さんの声だった。僕も、翠さんにそんな声を出させたことがあった。

「すみません、花嫁修業をしろってずっと言っていたんですけども。この子ったら、仕事ばかりに夢中で」

「ああ、いやいや、こりゃ失礼。そうですね、まあ、結婚して落ち着いたら、何か一つくらいあってもね」

父さんと翠さんのお母さんが、意気投合して笑いあっている。僕は翠さんの顔を見ようとしたけれど、歩くのに必死なのか足元だけを見つめていて、その表情までは確認することができなかった。

人の手で作られた小川は敷地の中央にある池に繋がっていて、その池をぐるりと回るように、僕らは脚を進めた。食事をしていた離れが、いつの間にか随分遠くに見えた。

「そういえば、翠さんの弟さんは、どんな方なんですか?」

今度は母さんが口を開いた。

両家の家族構成は事前に共有されていて、その上で「今日の顔合わせは本人と両親だけ」と決めたのは、翠さんのお母さんだった。僕には兄弟がいないから、必然的にこの場にいない「家族」は、翠さんの弟さんだけになった。

「ああ、下の子はちょっと」

最後尾を歩く翠さんのお母さんの声が、申し訳なさそうに聞こえた。

「実は、大学も途中で辞めてしまって、それから、定職にもついていなくて」

「あら、そうなんですか。ご病気か何か?」

「いえ、そういうわけでもなく」

尻すぼみになった会話が、空気をさらに薄くさせる。翠さんのお母さんは、虫の死骸でも見たように顔を引き攣《つ》らせていた。

翠さんの弟さんについては、前に翠さんから聞いたことがあった。

弟さんはあるとき突然、大学を辞め、憧れていた彫刻家の元に弟子入りしたらしい。美大出身でもなかった弟さんをご両親は連れ戻そうとしたのだけれど、そこから十年ほど経った今でも、弟さんは同じ師の元で自給自足に近い暮らしをしながら必死に腕を磨いているのだと言っていた。

あの時、自分の道に進む弟さんを誇りに思っていると、翠さんは嬉しそうに話していた。しかし、今の空気はどうだろうか。

僕の両親は、初めて聞いた話だろう。翠さんのご両親は、弟さんをどう思っているのか。

最後尾を振り返ってみると、翠さんのお母さんが、限りなく穏やかな口調で言った。

「ちょっとあの子は、こういう場にはふさわしくないというか」

耳を疑った。

大学を出て、正社員として勤めて、つまらない話にニコニコできる人間だけが、この場にふさわしいということだろうか。二つの家族の顔合わせという場に「ふさわしくない家族」とは、何を表すのだろうか？

たまらず、翠さんの顔を見た。変わらずじっと足元を見ていて、誰とも関わりたくないと、そう強く意思表示しているようだった。

「ふさわしくないっていうのは……」

僕が切り出そうとしたところで、ほぼ同時に、翠さんのお母さんが再び口を開いた。

「二人は、子供は何人くらいと、考えていらっしゃるの？」

その口調は、お兄さんの話を早く終わらせなければならないという、強い焦燥と使命感に溢れているように思えた。翠さんのお母さんの目は大きく見開かれ、瞬《まばた》きすら見られなかった。

「そうだ。野球チームか、サッカーチームか？」

前を歩く父さんが言った。

「ああ、今日のお料理、数の子も出てましたしねえ」

「ええ。あれも、本当に美味しかったですねえ。子宝！　なんてねえ」

醜い声がする。それを耳に入れないように、強く、目を瞑る。

内側から、暴力的な何かが込み上げてきていた。

僕は、こんなみっともない親を持って、翠さんにも似たようなことを押し付けていたのだろうか？

ゆっくりと息を吐く。

苛立ちが消えるまで、心を殺す。

消えてくれ。頼むから、怒りよ消えてくれ。

目を瞑ったまま、何度か唱えたその直後だった。

体がふわりと軽くなり、地面に着いていたはずの両脚が、宙に浮いていた。

脚だけじゃない。全身が、浮遊している。まるで骨も筋肉も、臓器すらもなくなったようにふわふわと捉えどころをなくして、でも、いくらでも力を込められそうな万能感が、僕を支配していた。

季節外れに紅葉していた木が目に入る。ゆっくりとそこに降り立つと、僕は思いきり幹を蹴り飛ばした。

ガサ、と音がしたものの、木はびくともせず、その場に堂々と立っている。その姿勢に腹が立って、さらに二度、三度と蹴りつけた。

父さんの声がした。大人たちがみんな、何か言っている。同時に叫ぶので、うるさくてかなわなかった。黙らせるために、さらに木を蹴った。革靴は意外と丈夫で、うまく蹴れば足も痛くなかった。

蹴るたび、紅い葉がどんどん落ちた。このまま蹴り続ければ、あの離れから見える景色も、もう少し砕けたものになると思った。

突然、胃に痛みが走った。後ろから、誰かに羽交い締めにされていることに気付いた。僕を抑えつけているのは、翠さんのお父さんだった。さっきからほとんど喋っていなかったが、こうして捕まえられてみると、なかなか腕力がありそうな腕をしていた。腕だけじゃない。全身が筋肉の塊《かたまり》のように硬かった。

思い切り腕を振って、肘をこめかみに当てた。怯んだところで羽交い締めから抜け出し、今度は川に、両足を突っ込んだ。人が作った小さな川を、蹴り上げながら上流に向かった。こんな川は堰《せ》き止めてしまえばいいと、叫びながら進んだ。

そうして庭園のほとんどを壊して、翠さんを連れて、逃げ出した。

料亭が見えなくなったところで、途端に体が重くなり、激しい目眩に襲われた。

そこで、現実に戻った。

気付けば、鼻がくっつきそうなほど近くに小川があり、透明だったはずの水が、自分の肌と似たような薄橙色《うすだいだいいろ》に濁っていた。土瓶蒸しに入っていた松茸や、鮑《あわび》入りの茶碗蒸しや、数の子や蛤《はまぐり》の欠片が見えた。

さっきまで食べていた、懐石料理だった。それが、胃液か、体内の何らかの物質とともに、川をゆっくりと汚していた。

嘔吐している。

そのことに気付くと、胃液が再び込み上げ、喉をヒリヒリと焼いた。

上半身に、猛烈な圧迫感が込み上げ、耐えきれず、もう一度、吐いた。

背中をさする手が、温かい。翠さんがそこにいるのだとわかった。

「少し、食べ過ぎたんじゃないかな」

「いや、きっと飲み過ぎたんですよ」

「仕事の疲れじゃないかしら。それか、緊張?」

「心が弱いからそうなるんだ、情けない」

父さんたちの声が聞こえる。翠さんだけが何も言わず、背中をさすり続けてくれていた。

涙が出た。

綺麗すぎる川が、僕のもので汚れていく。

鼻を啜るのも、肩を震わせるのも、泣いていると知られたくなくて、耐えるしかなかった。

大丈夫ですか、と駆けつけた店員さんが言った。

大丈夫です、と即座に言い切る翠さんの声がした。

僕は、僕たちは、大丈夫なんだろうか。

体は枷《かせ》をかけられたように重く、動けそうもなかった。

背中に置かれた翠さんの手だけが、ただただ温かく感じられていた。

十八・　別離

――再来週の土曜日、十七時に、以下のお店で受け取らせてください。

美貴子から返ってきたメールは、あまりに形式ばっていて、感慨深さなど微塵も湧いてこなかった。だが、その淡白な返事に対しての不満や怒りも同様に湧いてこなかったから、不思議な気分だった。

こんなものだろう、と、どこかで思っているのかもしれない。

美貴子が出て行った当初は、ほとぼりが冷めれば、そのうち離れたくないと向こうから泣きついてきて、気持ちを改めるだろうと思っていた。だが、今となれば、その可能性がほとんどないことくらいは見当が付く。

だからきっともう、俺たちは今日で終わりだ。

美貴子に指定された喫茶店は、ずいぶんと照明が暗く、陰気な雰囲気が漂っていた。

盆休みに入り、外は浮かれたやつらで溢れていたが、ここは外界とは無縁であるかのように静かで、冷えていて、気持ちが落ちる。広くはあるし、客もそれなりに入っているのに、寂しいくらいに活気がなかった。

奥の厨房から、かすかに食器を洗う音が聞こえてきて、店内に音楽がかかっていないから静かなのだと気付いた。

紗良が選んだ店も、そうだった。

あいつといい、美貴子といい、どうしてうちの女は、こうも湿っぽい店を選ぶのか。

俺が連れて行く店は、いつも賑やかで、愉快なところばかりだったのに。

無精髭を生やした男の店員が、奥から出てきた。二名であることを告げると、店員は愛想のない声で、好きな席に座るように言った。俺はレジ横の棚に置いてある週刊誌を手に取って、入口近くにあった広めのテーブル席についた。

時計を見ると、待ち合わせまであと四十分もある。

どうして、こんなに早く来てしまったのか。知らない街で、時間の潰し方がよくわからなかったのもあるが、少し、緊張しているのだと思った。

美貴子にプロポーズしたときも、俺は、緊張していただろうか？　思い出そうとしたが、記憶に埃《ほこり》が被りすぎており、すぐには出てこなそうだった。

アイス珈琲を頼むと、すぐに手持ち無沙汰になる。

ぱらぱらと週刊誌を捲《めく》っては、閉じる。また捲って、今度はカラーページが終わったところで、指が止まった。

『孤独死、その無惨な死に様』

高齢者の孤独死について、数ページの特集が組まれていた。

テレビでも流行り言葉のように聞くようになったフレーズを、週刊誌が不安を煽《あお》るように書く。くだらないと思ったが、どうしても読み進めてしまう自分がいる。

書いてあることにリアリティを感じてしまうのは、なぜなのか。

もう俺が、孤独とは無縁でなくなったからだと気付いた。

ひとりになるっていうのは、そういうことだ。

三条が助けに来てくれた日の、ゴミ屋敷のようだったリビングを思い出す。俺も、自分の世話すらできないままでいれば、この特集に載せられた死人たちと同じように部屋のシミとなったり、大量の蛆虫《うじむし》の餌食となったりしてしまうのだろうか。ある日、家の中で突然息ができなくなり、もがき苦しみ、誰にも助けを求められないまま、死を迎えたりするのだろうか。

もしもそうなったとして、俺の死体は、誰が発見するのだろうか？　きっと、美貴子や紗良ではない。別の誰かが、たまたまうちに訪れたタイミングで異変に気付いて、警察を呼ぶのだろう。

会社の人間は、なんて言うだろうか。新しい職場に移って、まだ二週間しか経っていない。営業職を外され、勤務地も関東圏とはいえ、都心からずいぶん離れた場所に飛ばされた。昭和に建てられた古いオフィスビルの一角で、取引先の小売店や卸に寄せられたクレームを資料にまとめるだけ。バイトや派遣の奴らがたまにうろつくなかで、文字通り、窓際に座らされて、定時きっかりに上がらされる。

誰とも親しくない。やりがいも情熱も仲間も、俺の会社員人生で大事だったものの全てが、あの古ぼけた建物の中にはない。

そんな場所にいるのだから、俺が死んだとて、誰も悲しまないかもしれない。

むしろ、喜ぶやつがいるか。

長谷川の顔が浮かんだ。

もう部下ではなくなった長谷川は、今もまだ、俺を憎んでいるだろうか。職場が離れた今でも、俺のしたことによって、苦しんだりしているのだろうか。

……俺はどこかで、間違えたのだろうか？

傷つけていたのは確かだとして、でも、本当に、俺の言動の、何がいけなかったのか。どこを直していれば、こうならなかったのか。言い方が悪かったり、求めたものが大きすぎたり、距離感を勘違いしたりしていたことはあっても、根本から間違ったことをした覚えはなかった。

昔は、俺の時代は、ああやってのし上がっていったのだと、それを言いたかっただけだった。理解されなかった悲しみだけが消えずにいた。

週刊誌に目を戻す。モノクロ写真で写された故人の部屋は、一番汚れていたときの俺の家よりもずっとずっと荒れている。だが、これは決して別世界のものではない。きっと、自分の未来と地続きのはずだ。

美貴子は、ひとりで死ぬ気だろうか。

俺と離れて、そのあと、どうしたいのだろう？　結局、四月の終わりから今日まで、一度もあいつと話すことはなかった。どうして家を飛び出して、なぜ離婚したがっているのか。その心のうちを何ひとつ知ることができないまま、俺は記入済みの離婚届を美貴子に渡そうとしている。

やっぱり、男がいるのだろうか？

それとも、本当に自由になりたかったから？

いよいよ離婚するとなれば、あの家は、どうなるのだろうか。

財産も、離婚の際は夫婦で折半するのが基本だと聞いた。貯蓄は、手元にどのくらい残るのか。派手な遊びはせずに、真面目に働いてきたのだ。年金で、暮らしていけるだろうか。家計のことはずっと美貴子に任せていたが、これから一人になるなら、自分で考えなければならないだろう。

思考が忙《せわ》しなく、あちこち動き回る。それにも疲れて店内を見回してみると、ふと、奥にある二名席に見覚えのある後ろ姿があった。

……あれは、美貴子か？

少し、雰囲気が違う気もするが、おそらく、そうだった。ずいぶん早く着いたつもりだったが、美貴子はさらに早く、店に着いていたのだろうか。

週刊誌を棚に戻すと、鞄を手に持ち、そのテーブルに向かった。

わざと一度通りすぎてから振り向いてみると、やはり、美貴子の姿があった。

「おう」

死んだ人間が突如蘇ったのを目にして驚くように、美貴子も、俺を見た。数カ月ぶりの再会だが、ギョッとした顔をしたまま、美貴子は何も言わなかった。家を出てもっとくたびれているかと思いきや、意外にも顔色はよさそうだった。

「なんだよ、驚いて」

向かいの席に座った。テーブルの上にはカフェラテらしきものがあり、すでに半分ほど飲まれていた。

「早かったから」

少し掠れるような声で、美貴子は言った。

「まあな」

待ち合わせ時刻の、三十分前だった。そもそも、待ち合わせなんて何年振りだっただろう。

店員が、遅れて俺のアイス珈琲を運んできた。

「待ったか？」

「別に」

「そうか」

沈黙が横切った。

何を話すか。テーブルの上で両手を組むと、店内を見回してみる。入口から見るよりは居心地がいいが、いずれにしたって、湿っぽい空気に変わりはなかった。

「……持ってきましたか」

「え？」

「離婚届」

「ああ」

先手を打たれて、変な声が出た。もう、その話題かと思った。

当然といえば当然だが、やはり、どこか虚しさがあった。横に置いた鞄を摑むと、一番手前に入れていた封筒から、記入済みの離婚届を取り出し、テーブルの上に置いた。

美貴子はそれを手に取ると、静かに自分の方に引き寄せ、何も言わずに頭の方から項目を確認しはじめた。

「ちゃんと書いてあるよ。そんなに見なくても」

茶化すように言うが、顔を上げることはない。美貴子は指で一文字ずつ、俺の書いた字を追っていく。それが終わると、わざわざ用意したのか、俺の茶封筒とほぼ同じものを取り出して、離婚届をそいつにしまった。その茶封筒もまた、紺色のビジネスバッグに丁寧にしまっていく。

「そんな鞄、持ってたか」

見慣れない鞄だった。本革でできているようで、暗い店内でもわかるほど、発色がはっきりとしていた。

美貴子は返事をしない。離婚届を受け取った今、すぐにでも帰ってしまいそうな気配がした。

「証人欄は、どうする？」

全て書き終えてはいたが、証人の二名については、空白のままだった。離婚したいと言っているのは美貴子なのだから、証人を立てるくらいはやってほしかった。

「こっちで、二人とも探します」

「ああ。……あ、紗良はやめてくれよ」

「当たり前です、そんなの」

家を出ていく前と同じように、美貴子の声が尖った。予想はしていたが、俺たちの関係は、四カ月ぶりに再会したところで、そう簡単に改善されるようなものではなさそうだった。

美貴子は目の前のカフェラテかカフェオレか、それを飲み終えたらすぐに帰るだろう。その前に何か、言わなければならない。

でないと、もう二度と話す機会はないだろう。

「今更だけどな」

警戒するように、美貴子は俺を睨んだ。

俺は背もたれに体を預けて、一度大きく息を吐いた。

争う気はない。

「すまなかった」

具体的なことや、根本的に直すべき部分の全てまではわからないまでも、とりあえず、謝っておきたかった。

美貴子にしたこと、紗良にしたこと、長谷川にしたこと。それだけじゃない。三条にしたこと、俺が関わる多くの人間にしてきたこと。それらはきっと、俺が自覚できていない多くの場面で、なんらかの傷を生んだのだろう。

「いろいろ、申し訳なかった」

だから、謝る。謝りながら、この謝りたいという気持ちは、赦《ゆる》されたいという気持ちとどれほど違うものだろうかと、一瞬考えた。

「今更」

「そうだな」

「どれだけ辛抱したか」

美貴子の肩が、小さく震えている。

ハンカチで口元と鼻を隠し、目元を見られたくないのか、俯いたまま動かなくなっている。

そこで、ようやく気が付いた。先ほど美貴子の後ろ姿が以前と違うと感じた理由は、髪を短く切ったからだった。結婚しているあいだはずっと長かったはずの髪が、今はバッサリと、肩につかない長さまで切られている。

そんなことも、こうして時間が経たないと、わからない。

「すまなかった」

出てくる言葉はそれしかなかった。

美貴子の頬に、涙が伝っていくのが見えた。

俺との別れを後悔しているわけではないことだけは、確かだった。

「……最近な。その、家の掃除を、やるようになってな」

なにか、話をしていたかった。些細なことでもいい。黙ったまま終わるのは、避けたかった。

美貴子が泣いているうちは、今後のことを聞くこともできないだろうし、俺が喋るしかなかった。

それで、家のことを思い出した。

「三条な、覚えてるか。あいつが、世話焼いてくれて。ていうか、いろいろ、おせっかいなことしてくるんだ、あいつが。面倒臭えんだよ。あれやってみろ、これやってみろってな。この前も、ワイシャツのボタンの付け方まで教えにきたんだ。裁縫セットを置いていってな。いや、阿呆だろって」

三条は、あの大掃除の日以降、何度か家にやってきた。一緒に飯を作って酒を飲んで帰る日もあれば、換気扇の掃除をやれと指示をしに来る日もあった。いつも、エプロンをつけろと、俺に強要してきた。

美貴子は俯いたまま、俺の声など聞こえていないように、テーブルの一点を見つめていた。

「それで、エアコンのフィルターまでよ、ニオイがするから掃除しろって言って。あんなの、見た目じゃ全然わかんないんだけどな。でも一台一台分解して、掃除機で吸って、掃除しろって。で、そうだ。あの、あれだけ見つからねえんだよ。お前の部屋の、リモコン。お前の部屋のリモコンだけ、どこ探してもないんだよ」

フィルター掃除の後に、試運転をしようとした。そしたら、美貴子の部屋のリモコンだけが、見つからなかったのだ。同じ型番だったから紗良の部屋のリモコンで代用したが、いつか、不便だと思う日が来るかもしれない。

今更そんな話をしてもしょうがないと思いながら、話すことは、ほかになかった。いや、あるのかもしれないが、咄嗟には浮かばなかった。

黙っていた美貴子は、おもむろに鞄を漁り始めた。紗良みたく、金を置いて帰るんじゃないかと焦ったが、出てきたものは財布じゃなかった。いま話をしたばかりの、美貴子の部屋のリモコンだった。

「お前、なんで持ってんだよ?」

美貴子は俯いたまま、リモコンをテーブルの上に置き、俺の方にずらした。

「焦って、荷物をまとめていて。間違えて、持っていってしまったみたいで」

「いや、だからってお前、今日返されても」

そこで、たまらず笑ってしまった。グフフと変な声が聞こえたと思うと、美貴子も、ハンカチで口元を押さえたまま、俯いて笑っていた。

「気付かないと思った」

「俺だって、たまたま気付いただけだけどよ」

美貴子の顔が、耳まで赤くなっている。こいつは昔から、笑うと頬が赤らむのだった。

俺は差し出されたリモコンを、自分の鞄にしまった。

次に顔を上げると、もう美貴子の表情は、元の色に戻っていた。

マグカップを持つその両手に、ふと目がいった。

美貴子の指には、結婚指輪が付いていなかった。

いつから付けていないのか、思い出せないというか、わからなかった。

しかし、そのことよりも、美貴子の手の皮膚が気になった。ところどころひび割れて、赤くなっている。三条よりもずっと荒れているその皮膚に、どうして今まで気付かなかったのだろうか。何十年も休むことなく皿洗いや米研ぎをさせてきた時間が、そこに刻まれている気がした。

「今は、どっかで働いてんのか」

視線を美貴子の顔に戻すと、美貴子は大きく首を縦に振った。

「バイトか？　稼げてんのか？　借金とか、してないだろうな？」

一番気になるのは、そこだった。ずっと専業主婦だった女が、離婚して自由になったとして、一人で食っていけるほど働ける職場があるのだろうか。仮に一時的な蓄えはあったとしても、そんなもので一生食っていけるほど、小遣いを渡した記憶はなかった。

「お前、人様に迷惑かけたりしてたら、あれだぞ？　だったらすぐ」

「大丈夫です」

有無を言わせない一言だった。美貴子はキッパリと言い放ち、俺を黙らせ、背すじをまっすぐに伸ばした。その態度は、俺にもう二度と人生に関わらせないと、覚悟を伝えているようだった。

「心配される筋合いは、どこにもありませんから」

美貴子は静かにそう言って、マグカップに口を付けた。

「散々、迷惑かけられて、奴隷のように生きてきましたから。これからは、もう自分のために働いて、自分のために生きると決めたんです。誰かに少しずつ迷惑をかけながら、自分のために幸せになると、決めたんです」

店の中が、また一段と静かになった気がした。

聞きたいことはいくつもあったはずなのに、その発言に飲み込まれてしまったかのように、何も出てこなくなった。

長い沈黙の中で、いろいろ考える。

それでも思い浮かぶのは、もう紗良のことくらいだった。

「紗良には、また会ってもいいか」

美貴子が少し、肩の力を抜いた。

「知らないです。あの子も大人だし、本人がいいって言うなら、いいんじゃないですか」

まあ、あなたには絶望していると思いますけど。そう付け加えられて、あの喫茶店で泣いていた紗良の顔が浮かぶ。

「紗良と、会ったことは聞きました。私を、探しにきたんですってね」

紗良のマンションを思い出した。結局、家の中には入《はい》れていない。

「都合のいい時だけ、娘に頼るのはもうやめてください。私は紗良の家にいませんし、これは私たちの問題で、あの子にはあの子の人生があります」

「そんなのわかってるよ」

美貴子が軽く頭を下げた。前は白髪が見えたはずなのに、今は真っ黒だった。

こいつは、わざわざこれを言うために俺に会ったんだとわかった。もう余計なことはするな。私と娘に付き纏うな。はっきりと別れよう、と。

「お前は、紗良に会ったのか」

美貴子は、今度は首を横に振った。

「でも、言ったんだろ？　離婚したいって」

「それは、ずいぶん前ね。娘夫婦に頼るようなら結局なにも変わってないので、今は会わないようにしてます。それだと、スタートを切れてないと思ったし」

「スタートって。もう五十過ぎじゃねえか」

「まだ五十過ぎです。仮に八十で死んだとしても、あと三十年もある」

今までの美貴子からは、聞いたことのない台詞ばかりだった。

いったい、どんなやつらと会っているのだろうか。そいつらに騙されていやしないだろうか。

心配ばかり浮かぶが、それも今は、負け惜しみにしか思われなそうで、口をつぐむしかなかった。

「私は、幸せになるので」

自分に言い聞かせるようだった。

離婚が、幸せになるための選択だと？　じゃあ俺は？　俺もこの離婚で、幸せになれるのだろうか。

「俺たちも、たまには会わないか？」

離婚したとしても、元々は夫婦だったのだ。

「たまに、その、飯でも食ったりして、お互いの近況報告をするとかさ」

そのくらいは、許されてもいいと思った。俺もまた、ここから変わっていくのだから。

しかし、美貴子の表情は固くなり、視線はテーブルに降りてしまった。

「あとは、書面上のやりとりでお願いします」

事務的にそう返すと、美貴子は紺色の鞄を手に取って「そろそろ行きますね」と席を立とうとした。

「あ。おい」

まだ、聞けていないことも多かった。しかし美貴子は止まることなく、

「またメールをします」とだけ言った。

「メール？」

「財産分与については文面に残せと、弁護士に言われたので」

「ああ」

連絡は取っていいのかと、一瞬期待したのもまた思い上がりだった。

美貴子は財布から千円札を引き抜いて折りたたむと、伝票の入った筒に入れた。

「いや、ここは出すよ」

「いらないです」

不機嫌そうな顔で、立ち上がる。

紗良もそうだった。喫茶店の会計なんかで何を格好つけてんだと思ったが、もう余計なことは言わず、俺も荷物をまとめた。

「一緒に出なくていいですよ」

「いや、俺も出る」

露骨に嫌そうな顔をしたが、ここで取り残されるのは御免だった。

会計中、先に行こうとする美貴子の足音がコツコツと響く。ハイヒールなんて、一緒にいた頃に履いていただろうか。

髪を切っただけではない。美貴子の後ろ姿は、もう次に会う頃には気付けないかもしれないと思うほど、まったくの別人に見えた。

外に出ると、しっかりと日は沈んでいた。

片側三車線の街道は混雑していて、対岸の景色は、トラックやバスに阻まれて何も見えなかった。

「じゃあ、ここで」

美貴子が軽く頭を下げた。

「ああ。ありがとう」

「何が？」

「いや」

確かに、ここで「ありがとう」と言うのは、おかしいかもしれない。

「なんでもない」

美貴子は口をへの字に曲げた。

「ありがとうなんて、一度も言われたことないです」

「そんなことねえだろ」

「いいえ、一度もなかったです」

美貴子は笑顔も見せず、それじゃ、と言って、早々に歩き出した。

ついてくるなよ。という圧を感じて、俺は立ち止まるしかなかった。

――私は、幸せになるので。

あなたは不幸でいてください。そう言われた気がした。

おそらくずっと、美貴子も、紗良も、長谷川も、俺を許してはくれない気がする。

誰かに恨まれながら、それをたまに思い出しながら生きていくのが、俺の人生だろうか。

そう考えると、残りの日々が、果てしなく長く感じる。

美貴子の背中が、どんどん小さくなっていく。

青信号になり、車が動き出した。

大通りの向こう側に、見知った顔があった気がした。

目を凝らすと、人事部の雨宮の姿がある。

彼女だろうか。女と並んで、歩いているところだった。

俺も、美貴子と並んで街を歩いた時期があった。いつから、そんな時間は過ぎて、距離は離れていったのだろう。

途端に、知らない街にいることが不安になった。

営業マンとして走り回っていた頃は、知らない街にこそチャンスがあると思っていたのに、いつからこんなに心が脆《もろ》くなったのか。

今になって、涙腺《るいせん》が緩んだ。

深く息を吸って、肺に空気を留める。それを少しずつ、時間をかけて吐き出す。

今日はまだ、煙草を吸っていないことに気が付いた。

十九．　告白

ぬるい風が吹いて、公園を囲む草木が気怠《けだる》そうに揺れた。蟬の声は十七時を過ぎても鳴り止まず、僕以外誰もいないはずのその場所は、嫌気がさすほど騒がしかった。

サンダルを引き摺るようにして、小さな滑り台とベンチしかないその公園を歩く。一部朽ちている木製のベンチに腰を下ろすと、日中に蓄えられた八月の熱がじわじわと放出されていくのを、腿《もも》に直に感じた。

ベンチに座ったまま、ぼんやりと揺れる木々を見る。ひらひらと落ちてくる葉を、目で追う。必死に枝にしがみついていたのに、強風に煽られ、耐えきれず落ちていく葉が、どうにも儚《はかな》げに映る。

思い出すのは、庭園で嘔吐した、先月の自分。

それと、お盆休みに入る直前の、人事部での出来事だ。


定時を迎えて退勤の準備をし始めたところだった。フロアの入口から聞き覚えのある声がして、振り向くとそこに、営業の長谷川さんの姿があった。少し早めに夏休みを取って沖縄に行ったのだと、長谷川さんは手土産らしき紙袋を持ち上げて言った。

「わ、日焼けしてる！」

入谷さんが嬉しそうに立ち上がると、二人してぺこぺこと頭を下げあって、そこからしばらく、談笑に花を咲かせ始めた。辻部長も、長谷川さんの姿を確認するなり、立ち上がって笑みを浮かべた。

入谷さんがお土産を受け取り、それを僕らに配るなか、長谷川さんは辻部長に体を向けて、やや緊張した面持ちで言った。

「いろいろと、ありがとうございました」

部長は口角を上げ、ゆっくりと頷きながら「どうも」と返す。

「あれから、どうですか？」

「ぼちぼち、ですね」

長谷川さんは一瞬笑みを浮かべたが、直後に逡巡《しゅんじゅん》した様子を見せて続けた。

「相変わらず、出社前には気持ち悪くなったり、頭痛がしたりするのと、あとは、携帯が鳴るとまだ追いかけられてるんじゃないかって怖くなったり。そういうのはまだあるんですけど」

「そうですか」

「でも、少しずつ回復に向かえば、とは思ってます」

部長は二度ほど頷いて、小さな笑みを崩さずに「そうですね」と返した。

話している様子を見て、改めて、あの面談のときの長谷川さんは本当に限界が近かったのだと再認識する。今ではホワイトボックスに関わった人間だけでなく、人事部みんながいる前でこうして話せているのだから、いくらか恐怖心が和らいできたのかもしれない。

「陰で、いろいろ言う人もいるんですけど。でも、いつかこの判断をしてよかったって、そう思いたいです」

静かにそう話す長谷川さんは、弱々しくもたくましく、前だけを向いているように思えた。

辻部長は深く頷くと、「引き続き、よろしくお願いします」と頭を下げた。

人事部では、土方課長の懲戒処分を終えたあとも、長谷川さんを取り巻く二次加害への対策について、勉強会が進められていた。ハラスメントの被害者が今後周りからどのような攻撃を受ける可能性があり、それをどうやって防ぐのか。想定されるケースについて、具体的な議論と実践を続けているところだった。

一つ困難を乗り越えた後でも、被害を受けた傷が消えるわけではない。一度併走すると決めたら、最後までやり遂げましょう。

部長は何度も、僕らにそう説いた。

長谷川さんはしばらく入谷さんや辻部長と談笑を続けたあと、しかし、僕とは一度も会話を交わさないまま、フロアから去った。ホワイトボックスの主担当でありながら、席から立ち上がることすらできなかった自分が、取り残されたようにそこにいた。

公園を囲むように鳴いていた蟬たちが一瞬静かになり、枝から地に落ちたばかりの葉が、僕をじっと見ていた。

——加害ある人間は、みんなと同じように笑ったり楽しんだりするなよ。

なぜか落ち葉から、そう言われている気がした。

あの時、僕が長谷川さんと入谷さんの輪に入れなかったのは、お前も加害者である土方課長とたいして変わらない、男の下駄を履いて、誰かを傷つけて、苦しめた過去がある人間だと、長谷川さんに見透かされている気がしてならなかったからだ。

僕の過去の加害について、辻部長を除いては会社の誰にも話したことがなかった。それでも長谷川さんを前にすると、なぜか翠さんと話しているときと似たような罪悪感が、心を静かに襲うのだった。

落ち葉が風に吹かれて、音を立てて転がっていく。数メートル離れた先で居場所を見つけたように動かなくなると、いよいよ一人になった気がした。

それでもまた、過去の自分を思い出す。

両家顔合わせの日、大切な場面で嘔吐したあまりに情けない自分の姿や、翠さんを無自覚に傷つけて、傍若無人に振る舞ってきた自分の姿。そして同学年の女子に、笑いながら加害していた自分の姿。

思い出すたび、後悔と慚愧《ざんき》にあふれて、大声で叫びたくなる。

両家顔合わせを終えた夜も、この公園に来ていた。あのときも、頭の中は恥と怒りで埋め尽くされていて、翠さんの目を見ることができなくなり、逃げ出すように家を出ていた。

罪そのものが消えないように、罪悪感や自分を恥じる気持ちも、消えやしない。過去を思い出すたび、まともな精神状態ではいられなくなるこの状況は何なのだろうか。

ひとつの間違いも許さなそうなあの料亭の庭園で、嘔吐しながら聞こえていた、自分の内側の声があった。

――結婚やめたいです。

逃げたくて、逃げたくて、仕方がなかった。でも、何から逃げたかったのか、今も、何から逃げたくてこの公園にいるのか、自分のことなのに、わからない。

翠さんとの入籍に向けての準備は、着実に進んでいる。これほど強烈な負の感情を抱いているのに、それをどうにか押し殺して、全てが順調なふりをしている。

その反動が、この公園にいるときに、あふれてしまうのだろうか。

不意に涙がでてきた。悲しい訳じゃないのだから、泣き止めばよかった。でも、その方法がわからない。

タオルをポケットから取り出して、強く顔に当てる。鼻水が伸びて、その不快な感触がますます心を引き離した。

ベンチから立ち上がる。景色を見ないように、顔全体にタオルを軽く押し当て、息を吸う。しばらくして、ゆっくり吐き出す。それを繰り返しながら、自分に問いかける。

なんで、泣くんだよ。大丈夫だよ。マリッジブルーか？　そんなの、恥ずかしいじゃないか。喧嘩はしたけど、今日までなんとかうまくやってこれてるし、これからも、翠さんとなら大丈夫だよ。お前が吐いたことなんて誰も気にしてないし、お前が過去にしでかしたことも、きっと翠さんとならうまく付き合っていけるよ。辻部長も、言ってたじゃないか。他者との関係が大切なんだ。全て吐き出しても受け入れてくれる人と、一緒に生きていくのがいいんだよ。

大丈夫。大丈夫。大丈夫。大丈夫。大丈夫。

もう一度、息を吐く。

「いいんだよ、これで」

タオルの中で、声に出した。

持っていたタオルは、しっかりと湿っていた。瞳はすぐに乾いて、頬が少しヒリヒリと染みた。

日が完全に落ちたことに気付いて、そこでようやく、公園を出た。少し遠回りをして、目を冷やしながら帰ろうと思った。ポケットに手を突っ込むと、ちょうどそのタイミングで、携帯電話が震えた。

取り出して画面をタップする。翠さんから、URL付きの短いメッセージが届いていた。

――前に話した新しい酒屋さん、昨日オープンだって！　散歩から帰ってきたら、ちょっと行ってみない？

URLを開くと、マップが表示された。酒屋はここから歩いて五分ほどの距離にあるようだった。車通りが激しい街道沿いにそんな店ができたなんて、話していただろうか？

少しかかるけど、店の前で待ち合わせようと返事をして、携帯電話をしまった。

一度、深く息を吸ってから、街道に向かうように進路を変えて、ゆっくりと足を進める。

大丈夫。大丈夫。

心を落ち着かせるため、景色を見ながら、そこの暮らしを想像するように歩いてみる。

古いマンションのベランダで、洗濯物をしまっている人の影が見えた。

新しい店ができる。そこに人が集まる。どこかの店が閉じる。人が通らなくなる。街も人も時代も、常に変化していて、「前の方が良かった」と嘆いたり、以前の土地の姿を思い出せなくなったりする。

公園から街道にかけてのわずか五分の距離にさえ、いくつかの飲食店と、数えきれないほどのオフィスがある。

どの場所にも、働いている人がいる。その職場環境を過酷に感じる人もいれば、退屈に思っている人もいる。上司との人間関係に悩んでいる人もいるし、セクハラ被害を受け、誰にも打ち明けられないまま過ごす人もいる。加害の自覚がないまま誰かを傷つけている人、変化を恐れて立場を守ろうとする人、組織を変えたいと行動に移す人、働きたくない人、働きたくても働けない人、自宅で仕事をする人、自宅がない人。結婚したい人、結婚したくない人、結婚したくてもその権利を得られない人。人。人。人。

想像すらしきれないほどの暮らしと人生が、この街に溢れている。そして、その数以上に複雑な、痛みや悩み、抑圧がそこにある。

どうすれば、過去の加害を背負ったまま、前を向いて生きられるだろう？

そう願うことすらも、おこがましいだろうか？

片側三車線の街道が見えてくると、僕の後方を走っていた大型トラックがウインカーを出して、車の群れに強引に合流した。タクシーや乗用車が何かに怒っているように、その横から走り抜けていく。

ふと、思う。

僕が大学一年のとき、傷つけてしまった同期の女子も、この街のどこかで暮らしているのだろうか。

名前は、なんて言ったっけ。

さら、だったか。

あの子も、あのときの悲しみや屈辱を、今も思い出したりしているのだろうか。

たとえば、その人に僕が謝罪をするのは、今更なことだろうか。加害者からの一方的な謝罪欲求は、ただの保身のためのエゴでしかないのだろうか。

公園で吐き出されたはずの心のモヤが、また巣を作ろうとし始めていた。

足を止めようとしたところで、すぐ後ろから、自分の名前を呼ばれた。

振り向くとそこに、翠さんがいた。

「どうしたの？」

「え、何？」

「守くん、ボーッと立ってたから」

「ああ、いや、なんでもないよ」

翠さんに、じっと瞳を覗かれた。ちょうど街路樹の木陰にいて、目が腫れていることには気付かれずに済みそうだった。

しばらく固まっていると、翠さんはそっと僕の左手を取った。そして、腕ごと引っ張るようにして、歩き出した。

「行こ。こっちだって」

スマホを左右に傾けながら、翠さんが、僕の半歩先を進む。その足取りは軽く、なんだか機嫌が良さそうだった。そう装っているのかもしれないし、本当に何か、嬉しいことがあったのかもしれなかった。

「酒屋、どんな店かな?」

翠さんが訊ねる。

「きっと、ほかとあんまり変わらないよ」

「じゃあ、いつもの店でよかった?」

「いや、一応、敵状視察だけでも」

「よしよし、そうしよう」

握った手が、振り子のように前後に揺れている。その揺れに身を委ねていると、過去も未来もどうでもいいと、つい楽観視してしまいそうになる。

何気ない日常。こういう時間が好きなんだと、心の底から思えるのに。

翠さんの歩くスピードはどんどん速くなっていって、そのまま止まらず、僕らは今抱えている問題なんて全て有耶無耶にしたまま、どこまでも行けてしまいそうだった。

でも。

それだときっと、同じ場所をぐるぐると回り続けるだけだと思った。

「翠さん」

軽快に進んでいたはずの足を止め、繋いでいた手に、力を込める。

「どうしたの?」

彼女がこちらに振り向いた。その瞳に、不安の影が見える。

僕は軽く息を吸って、背すじを伸ばした。

「今のうちに、話しておきたいことがあって」

「今のうちにって？」

「結婚するまでに」

すぐ横で、たくさんの車が通り過ぎた。そのエンジン音にかき消されないように、お腹に強く力を入れた。

「前に、話してくれたじゃん。僕は過去にひどいことをしてきたって」

「うん」

呆れた顔をされると思った。でも翠さんは表情を変えず、すぐに小さく頷いた。

「あれからずっと、なんなら今も、考えてたんだけど」

「うん」

「僕は、自分の過去の行動が許されるとは思ってなくて。でも、そこからできるだけ離れるために変わっていこうと思って、今も、その気持ちでいて」

「うん」

「それでも、過去は変わりようがないし、付けた傷も、残り続けるのは確かなんだけど。でも、これから先の人生を、翠さんとこうやって一緒に生きていくなら、やっぱり、せめて未来だけは変えたいって思ってて」

「うん」

「自分勝手かもしれないけど、頑張るから。翠さんにも、今と、これからの僕を見ててほしいって、そう思ってる」

子供を乗せた自転車が横を通り過ぎた。その後ろ姿を確認すると、歩道はまた、僕と翠さんだけになった。翠さんはゆっくりと頷いて、「わかった」と小さな声で言った。

「それと、あと」

「あと?」

「真逆のことを言ってるかもしれないんだけど。最近、なんていうか」

言うべきか、一瞬悩んで、結局口にした。

「一人になりたいって思う時間が増えた」

翠さんの瞳が、微かに揺れた。

僕は目を逸らすように、足元を見た。翠さんのスニーカーは驚くほど白く、僕のサンダルはずいぶんとくたびれていた。

低く、ゆっくりとした声で翠さんは言った。

「一人で散歩に行きたいとか言うようになったから、たぶん、そういうことなんだろうって思ってた」

「気付いてたの?」

「薄々《うすうす》だよ。マリッジブルーとか、まあ、お互いあるだろうなって」

ひそひそと逃げ隠れるようにしていた自分が、情けない。ため息をついてから、もう一度、今度こそ翠さんから目を逸らさないように、前を見る。

「何をするわけでもないんだけど、一人で、何度も深呼吸したり、ぼーっとしたりしてて。その時間がないと、胸焼けしたみたいに、空気を吸っても吸っても、毎日、息苦しくなる」

これは、入籍を目前に控えた婚約者に、伝えていい話だったのだろうか。

「いつからなの？」

「あの、顔合わせの日から。うまく言えないんだけど、単純に言えば、情けないし、怖いんだと思う」

「怖い？」

「あの両親みたいに、自分の価値観を一方的に押し付けるんじゃないかとか、もしかしたらまた翠さんを傷付けるんじゃないかとか、こんな自分が責任持って家族のために生きるってできるんだろうか、とか。それと、無自覚に人を加害する可能性にいつまでも向き合い続けなきゃいけないこととかも。プロポーズしたのは僕からのくせに、でも、どれもしんどくて。こんな自分が結婚しても、そんなの、憂鬱な結婚生活が続くだけなんじゃないかって」

料亭で食事をしている両親の顔が浮かんだ。夫として、男として、翠さんを守っていかなきゃいけないのだと、無言のプレッシャーを発していた。そんなものは時代錯誤だと思っていても、逃れられない圧力が、そこには確かに存在していた。「添い遂げる」という言葉の重みが、確かにそこにあった。

翠さんは少しの間、僕の足元を見たまま黙っていた。空は真っ暗で、街灯の光が僕らの肌をオレンジ色に照らしていた。

「それは、私が同情するわけにはいかないかも」

翠さんは、少し悲しそうな顔をして、繋いでいる指を離した。

「私も、結婚するなら家庭に入るだろ、働いててもいいけど育児も家事もやれよ、得意料理を持てよ、みたいな圧力をね、散々感じながら、生きてきたから。簡単に、男の人って大変だよね、みたいなこと、あんまり言いたくない。もしかしたら、出産とかの諸々で今後私は働けなくなるかもしれなくて、そしたら結婚相手である守くんに経済的に依存することになって、その守くんが私から離れたいって言ったら、その瞬間、私は路頭に迷うことになっちゃうんだよ。今日までどれだけ頑張ってきてても、圧倒的に弱い立場になっちゃう。その怖さについて、守くんは考えたことある？」

男は家族を養え、女は家庭を守れ。どちらも、ずっと言われてきたことか。

「……ごめん」

「ううん、謝らなくていいことだけど」

「うん」

「あと、価値観の押し付けみたいなやつはさ、もう守くんには、そこまで心配してないよ」

「どうして？」

「だって、守くんの体が拒否反応起こしたから、あそこで吐いちゃったんだと思ったよ、あのとき」

また、あの庭園での自分の姿が客観的に脳に浮かぶ。

「ああ、この人の感覚が正常だよなあって、あのとき正直思ったよ。私は、なんにもしないで我慢だけしてたから、守くんに申し訳なかったなって。なんなら一緒に、げろげろーって吐いちゃえばよかったんだよ、私も」

大きなダンプカーが通って、足元が小刻みに震えた。カタカタと音を立てた後、しばらく車は通らなくなった。

「それとね。前に喧嘩したときさ、私は被害者だ！　って顔して、散々守くんのことを責めたけど。あれ、逆パターンもあっただろうに自分だけ棚に上げてたなって、反省してる」

「逆パターン？」

「うん。私が守くんに加害していたことだって、きっとこれまでの六年間で、何度かあったんだろうなって。たとえば同棲の時期とか、子供の話とか、それこそ結婚のタイミングとかも、プレッシャーかけたことだってあると思う。そういうの、これまで守くんに我慢させてたのかもって」

「いや、そんなことない」

「本当に？　即答できる？」

間髪入れずに聞かれて、答えに悩む。翠さんから加害されたことなんて、考えたこともなかった。

でも、無自覚な加害があれば、無自覚な傷もどこかにあるのかもしれない。

遠くのほうで、信号が青に変わるのが見えた。

「ねえ、この機会に聞いていい？」

翠さんがそう言うと、足を一歩前に踏み出して、もう一度、僕の手を取った。

「歩きながらにしよう。立ち止まる必要ないし」

さっきよりも少しゆっくりとしたペースで、景色がまた後ろに流れ始める。翠さんの手は、ほんの数分手放しただけで、ずいぶん冷たくなった。

「守くんさ、どうして私にプロポーズしたの？」

その声は、あまり深刻にならないように、わざと軽くしてくれているようだった。

「もうずっとレスで、新鮮なときめきなんてほとんどない二人で、それでも結婚しようって、守くんはどうして思えたの？」

翠さんが、横目で僕のことを見た。

「同情とか？　六年も付き合って、二十九歳にもなって、そんな女をここで捨てるのもかわいそうだろうって、そういうやつだったり？」

徐々に大きくなっていく歩幅。それが翠さんの気持ちを、言葉よりも明確に表しているのだと思った。不安と不満が、うねりながら込み上げてきているような速度だった。

「私、結婚するならいつかは子供を産みたいって、やっぱり思ってるんだよね。ていうか、それ以外に結婚する理由なんてもうほとんど見当たらなくてさ。だって、すでに一緒に住んでるし。もう日常はそれほど変わらないじゃない？　だから、レスな状況のままプロポーズするって、どういう意味なのかなって、純粋にずっと不思議だったんだ」

シャンパンボトルからコルクが放たれ、中身が絶えず飛び出していくようだった。口調こそ強くしないけれど、翠さんはわずかな沈黙も待たずに、溜め込んだ言葉を次から次へと放出していた。

「二十九歳。お金があれば卵子の凍結とかも考えていいかもだし、他人事《ひとごと》でよければね、私ももっと遅くに結婚してもいい時代だって全然思ってるんだけど。でも、当事者としては、とてもそんなふうには考えられなくて。もう、今からまた別の人とはじめましてして、長い時間かけて信頼関係を築いていくなんて、私には到底無理なんだよ。今更、恋にそこまで人生を賭けたくないしなって」

景色がどんどん移り変わっていく。翠さんは時に自分に言い聞かせるようにしながら、言葉を選び続けた。

「だから、もう守くんに賭けるしかないのかって、私はプロポーズされたとき、そんなふうに思っちゃったんだよね。少しずつ変わってくれてはいるけど、過去に酷いこと言われた事実は変わらないし、今はレスなこの人に賭けてみるしかないんだって、不安だったけど、そう思ったんだよ、私」

握った手に、ぎゅっと力が込められた。

その切実さに、僕はどれほど気付けていただろうか。

「守くんは、どんな気持ちで、プロポーズしてくれたの？」

ほんの少し、泣きそうな声になった翠さんに、僕も引っ張られそうになる。

でも、僕はまだこの人に、ひとつの安心も与えられていないのだと、ここにきて思い知らされていた。翠さんは、本当にたくさんの葛藤を抱えながら僕のプロポーズに応えてくれていた。じゃあ、僕はどうして、翠さんと結婚したいのか。セックスレスで、もう初々しさもない僕らなのに、どうして未来も一緒に歩みたいと思ったのか。

答えはわかっているはずなのに、その自分だけの正解を、きちんと言葉にすることを怠《おこた》ってきた。今、それをやらなければ、僕はきっとまた本当の気持ちを翠さんに伝えないまま、偽物の夫婦を演じ続けてしまうに違いない。

それじゃあ、大丈夫じゃない。

「本当に、くだらないって思うかもしれないけど」

そう前置きしながら、歩き続ける翠さんの手を引っ張って、流れる景色を少し遅くした。急ぎたくなかった。ゆっくりとした時間の中で、生き急がずに翠さんに伝えたかった。

「プロポーズしたのは、単純に、ずっとそばにいられる方法が結婚だって、そう思ったから」

きょとんとした顔で、僕を見る。僕も、その顔を見て、続ける。

「翠さんの言うとおり、もう僕らは付き合いたてのときみたいに、毎日興奮してる！　みたいな恋をしなくなったけど。でも、だからといってすぐに別れるってことにはならずに、今日まで続いてきたでしょ？」

「うん」

翠さんは、僕の手を握ったまま、また顔を前に向けて歩き始める。でも、その歩幅はもう、僕と同じくらいだ。

「それにはきっと、なんか理由があるからで。じゃあ、恋が終わった先は、何があるんだろって、ずっと考えてた。結構長い間、ずっとね。そしたら、なんか今、これかなって思ったものがあって」

車道を、たくさんの車が通り過ぎていく。その手前の翠さんの瞳が、じっと僕を見た。

「なに？」

「たぶんだけどさ」

恥ずかしい。でも、頭の中の答えは、これだ、と光り続けている。

「恋が終わったら、その先は、愛が引き継ぐんじゃないかって思う」

熱を冷やすように風が吹いた。繋いだ手の隙間を抜けて、すぐに後方に流れていった。

「めっちゃくさいこと言ってるのはわかってるんだけど。でも、たとえばだよ」

翠さんは口を閉じたまま、ゆっくりと頷く。

「翠さんや僕が、もしも病気になって、大きな手術とかが必要になったとして。そのときに夫婦じゃなかったら、僕らはただの他人で、大事な決断は、両親とかがすることになる。あの両親がだよ？　僕にとって、翠さんは一番大事な人のはずなのに、その人の一番大事なときにそばにいてあげられず、もしかすると、看取ることすらできないかもしれない。そんなの、絶対に嫌だなあって思って。これは、この感情は、恋とはまた別のものが引き継いでいる感じがするなってずっと思ってた。それで、きっと、夫婦になるのがいい。これからもそばにいるために、そうしたいって思ったんだよ」

「……それで、プロポーズしたの？」

「プロポーズしたとき、ここまできちんと考えられてたかはわかんない。でも、気持ちとしては、変わってない。だから、翠さんがまだ恋を望むなら、断るだろうなって思ったし、その先を望んでくれるなら、受けてくれると思った。そういう意味では、僕からしても、賭けではあったかも」

どうしてだろう。プロポーズのときよりよっぽど恥ずかしいことを言っているはずなのに、あのときよりも、心は穏やかだった。

「レスなのも日々情けなくて、浮気とか疑われてんだろうなとか毎日のように悩んでるけど、でもそれも、愛ならどうにかなるんじゃないかなとか、甘く考えてた。翠さんの気持ちは、相変わらず考えられてなかった」

だから、ごめんね。

そう伝えると、翠さんは、足元の靴を見て、完全に足を止めた。

「そういう大事なことって、プロポーズのときに言わなきゃダメなやつじゃない?」

言い終わる頃には、もう目線は車道の方に向けられていて、でもその横顔は、確かに口角が上がっているように見えた。

その顔も、やっぱり好きだったのだと思い出す。

「ごめん、ほんと」

「いいよ。私は私で、賭け事みたいに、守くんと一度は結婚しようって、勝手に決めてたわけだし」

「一度はって、つまり離婚する気もあるってこと?」

「そりゃあ、だって、結婚するの初めてだし。うまくいくかわかんないから、一緒になってみてやっぱりダメだなーってなったら、その時はすっぱり別れればいいかなって。結婚も、離婚も、幸せになるためのただの選択肢でしょ?」

翠さんはどこか楽しそうに、また握った手を振って歩き出した。

「でも、あの親だよ? 離婚は許さなくない?」

両親の顔が浮かんだ。もうすっかり僕の中で、目の敵《かたき》になってしまっている。

「いや私たち、もう大人じゃん。親が許す、許さないで決めることは何もないでしょ。結婚式までは我慢して親のためと思ってやるけどさ、そのあとはもう私、知らないって言うつもりだよ」

「そうなの？」

「うん。まあ、もちろん、そんな綱渡りみたいなことするの、不安だけど。でも、やっぱり守くんとなら歩いてみたいって、今そう思えたから。だから、守くんと私なら、もういいよ。男は家族を守らなきゃいけないとか、女は男を立てなきゃいけないとか？　二人で生きていくのに、親が言いそうなことは全部ナシにして暮らそうよ」

互いの大事な時にそばにいるため。

押しつけられた責任から抜け出すため。

周りを黙らせるため。

二人の結婚なのに、理由はずいぶんたくさんあると思った。

でも、そのくらいでいいのかもしれない。もともと別の人間である二人の人生を一時的に重ねてみることに、大きなロマンと義務を背負わせすぎたのが、この国の結婚観の正体だ。そんなものにずっと従う必要は、今の僕らにはないのだから。

信号が青に変わって、車も人も、騒がしく動き出した。

「あ、店、見えたよ」

そう言って、翠さんがまた歩幅を大きくする。オープンセールでもやっているのだろうか。

店の前に人だかりができているのが見えてきた。

「翠さん」

その人だかりに飛び込む前に、どうしても伝えておきたかった。

「好きです」

立ち止まって、大きな瞳がこちらを向いた。

「これから、よろしくお願いします」

「うん。こちらこそ、よろしくお願いします」

翠さんが、笑顔で言った。

帰ったら、婚姻届に名前を書こう。

その後のことは、また二人で話し合って、二人なりの答えを決めればいい。

翠さんが、走るように店の中に飛び込んでいった。

エピローグ

「お前、結婚したのか」

人事部の入口に置かれた来客テーブルで、書類を書き終えたばかりの土方さんが言った。

ペンを持つ右手は、僕の左手の薬指の指輪をさしている。

「あ」

一瞬、次の言葉が出てこなくなる。

「すみません」

「謝ることじゃないだろ」

おめでとう。と言われて、罪悪感にも似た、申し訳ない気持ちが湧き出た。

久しぶりに会った土方さんは、どこか覇気が抜け落ちたような、疲れた顔をしていた。

管理職を外され、本社オフィスからも異動となり、営業職でもなくなって、三カ月。今日まで一度もその姿を見ていなかったけれど、表情や話し方からは、以前のような威圧感がほとんど感じられなかった。

あちらでは、うまくやっているのだろうか。

土方さんの異動先は、クレーム処理みたいなことをする部署だと、入谷さんが前に話していた。営業として働くことが人生だったような土方さんに、その仕事はどう映るのだろうか。

書類を出すために人事部に寄ったのだという土方さんは、用が済んだらすぐ帰るわと言って、鞄を手に取った。

土方美貴子　異動事由：離婚のため

土方さんから受け取った「被扶養者（異動）届」には、確かにそう書かれていた。社会保険の扶養から外す申告書。つまり、土方さんのパートナーは、もう家族ではなくなった、ということだ。

結婚したばかりの僕と、離婚したばかりの土方さん。

どちらも幸せになるための選択肢だったとして、どうしてこのコントラストが、今は耐え難く思えてしまうのだろうか。結婚は美しいものだと聞かされてきた自分の偏見だろうか。それとも、土方さんの結婚生活が憂鬱なものだったと、話も聞いていないのに心のどこかで決めつけているからだろうか。

「あのさ」

今度は耳打ちするように、土方さんは僕に顔を近づけて言った。

「長谷川は、大丈夫そう？」

「え？」

「その、メンタルとか、体調とか、いろいろ」

「ああ」

言葉に迷い、考える。長谷川さんは、十月中頃を過ぎてまた少し、回復した印象があった。

「えっと」

でも、被害者のことを思えば、加害者に向けて今伝えられることは一つしかないと、心に思う。

「本当の意味で、癒えることはないと思います」

口に出た言葉は、自分に向けて言ったのか、土方さんに向けて言ったのか、わからなかった。

そうか、と呟くと、土方さんは首をもたげてしばらく沈黙を続けたあとに、軽く頭を下げた。

「じゃあ、世話になりました」

その言葉もまた、僕ら人事に向けられたものなのか、長谷川さんをはじめとする営業フロアの人たちに言ったものなのか、それとも長く連れ添ったパートナーに言ったものなのかは、わからない。

「ありがとうございました」

土方さんは背を向けると、静かにフロアから去っていく。

以前までならきつく届くはずの煙草の臭いが、今日は、全くしなかった。

開け放った窓から、秋を深める乾いた風が、静かに吹き抜けていった。

この作品は書き下ろしです。

参考文献

キャロライン・クリアド＝ペレス／神崎朗子［訳］
『存在しない女たち』（河出書房新社）

デラルド・ウィン・スー／マイクロアグレッション研究会［訳］
『日常生活に埋め込まれたマイクロアグレッション』（明石書店）

澁谷知美・清田隆之［編］
『どうして男はそうなんだろうか会議』（筑摩書房）

杉田俊介
『マジョリティ男性にとってまっとうさとは何か』
（集英社新書）

向井蘭
『管理職のためのハラスメント予防＆対応ブック』（ダイヤモンド社）

写真　nilikoko

カツセマサヒコ

Webライターとして活動しながら2020年『明け方の若者たち』で小説家デビュー。2021年、川谷絵音率いるバンドindigo la Endの楽曲を元にした小説『夜行秘密』を書き下ろし。本作が三作目の長編小説。

ブルーマリッジ

著者

カツセマサヒコ

発行

2024年6月25日

発行者　佐藤隆信
発行所　株式会社新潮社
〒162-8711 東京都新宿区矢来町71
電話　編集部03-3266-5411
　　　読者係03-3266-5111
https://www.shinchosha.co.jp

装幀　新潮社装幀室
組版　新潮社デジタル編集支援室

印刷所　大日本印刷株式会社
製本所　加藤製本株式会社

乱丁・落丁本は、ご面倒ですが小社読者係宛お送り下さい。
送料小社負担にてお取替えいたします。
価格はカバーに表示してあります。

ISBN 978-4-10-355691-6 C0093